U0055767

我們是微塵裡的光

蘇乙笙——著

獻給

每一粒獨一無二的微塵

CONTENTS

月 光 ··

遙不可及的　　　　　輕易阻擋的　　舒適的　　規律的

　　　　　　　　　　　　　　　景仰的

熹微的　青春的　　　灼眼的　　　　溫暖的

　　　至死不渝的　　　閃耀的　　　救贖的

檸檬味的　　　勇往直前的

善良的　　無法擁有的　　波光粼粼的　　蕩漾的

歲月靜好的　　期待的　　無可避免的

　　　　　　　　　　　　無私的　　　耀眼的

　　　　　　　　　單純的　　　張揚的

日　　光

　　　　　　　　　　閃亮的　　嚮往的

　　　　　　　　　　　　　　奢侈的

　　明媚的　不可抗拒的　柔軟的

轉瞬即逝的　希望的　　　　　炙熱的

清澈的　強勢的　安定的　燦爛的　柔和的

浪漫的　滾燙的　多變的　溫柔的

　　　　　　　　　　向陽而生的　自由的

明亮的　滿懷期待的　　寧靜的

象徵重生的　　　　　　　　磅礡的

　溫熱的　　開朗的　　模糊的　可愛的

乘載勇氣的　如影隨形的　擅藏的　流動的

瑰麗的　恬靜的　包容的

慷慨的　蓬鬆的　追隨的

明目張膽的　溫婉的　熱烈的

甜橙味的　無法珍藏的

恍惚的　不諳世事的　不期而遇的　坦蕩的

心上人的　傲慢的　十八歲的

調皮的　孤單的

新鮮的

預期的

自信的

你在床頭晾乾了早晨，掀開新買的窗簾，
迎接第一道曙光，在你身上像極合襯的衣裳。
你每一次說起今天，就是賦予我告別昨天、期待明天的權利。

犧牲的　像貓一樣的　無悔的　流連的

眾人皆有的　重生的　永遠的

博愛的　努力的　療癒的　斑斕的　施捨人的

偏愛的　飽滿的　真實的　襯托的

懶散的　恍若隔世的　無所遁形的　嚮往的

生生不息的　百變的　朝氣的　正向的

駐守未來的　開朗的　透明的　丁達爾的

我想成為的人

如何定義溫柔呢？

我很喜歡這個詞彙，它柔軟又堅韌。

溫柔對我而言，像水一樣，能恣意流動，能改變型態，也能適應任何物體的形狀。

能透明，也能因為融合了任何色彩而產生變化。

能強而有力，也能柔軟身段。

能成為所有生命體生存的重要存在，人體的百分之七十是水，天體上星雲存在水。氣候是水、地形是水，皆存在萬物之中。

而我想溫柔，必定也是人類與生俱來的天賦。每個人心底都有一處像軟肋柔軟溫潤的地方，也有一處如鎧甲傲然勇敢的堅強。

之於我，它是那麼美好的辭彙。

溫柔的人有自己的傷口，但不因為醜陋的傷疤，而影響自身的
價值。溫柔存在於理解與認同之上，往往能在脆弱後復原自己。
溫柔的人共情力很強，能敏銳地感受情緒，看似沒有保護界線，
能擁抱宇宙的所有渺小，卻不會輕視弱小，尊重所有生命，接
納親密。
溫柔的人並不會遺棄或背離人群，而是在微光的角落裡默默地
襯托，卻並非甘願成為人群的次要，而是成為自己的主要。
溫柔擁有治癒。
溫柔內斂深沉。
溫柔有恃無恐。
溫柔沒有絕對。

不須成為一個完美的人，而是學習對自己寬恕與傾聽，給自己

期望與理想，擁有愛，擁有力量，理解一體兩面。

不用不堪一擊，也不用刀槍不入。

你自有自己的城，能迎接美好光臨。

溫暖地接納了世界上所有的柔軟。

你是價值連城的溫柔。

你是萬物不可摧，萬物皆可愛。

我期許你擁有這一份溫柔，能抵擋宇宙塵埃，能與人間相伴。

想念是一場餘震

1

你有想念的事物嗎?

想念長途旅行的國家、想念去年的氣候、想念迷失在轉角的街、想念喜歡的那間餐廳、想念重複播放的情歌、想念無人的末班公車、想念一封寄出去的信、想念沒試穿的那雙高跟鞋、想念被陽光曬暖的棉被、想念變皺的那件襯衫、想念一眼瞬間的心動、想念天邊上的一輪滿月、想念一場綻放的花季、想念無盡連綿的雲霞、想念海面上的波光粼粼、想念一起釀的梅子酒、想念融化在舌尖的棒棒糖、想念世界留下的濕吻。

也想念想再見一面的人。

生活的每一個隙縫裡，無一不是渴望，也無一不是嚮往。
儘管是不經意的浮光掠影，也在往後的記憶裡熠熠生輝，於是
憑藉想念，這些瞬間將成爲永恆。我喜歡我們可以選擇自己的
永恆。
日子還是如常，唯有想念不減。

2

想念是一種起點，有時候也是終點。

能延續從前約定，也能為遺憾結尾。

3

每一次的想念都是一場餘震。

他的眼裡沉默的是夜空。在一起時未知離別是什麼樣的感受，
徘徊路的盡頭，回望的都是承諾。
沒有人為這段旅途許下歸期，甘願成為囚徒，在出走的時間裡
孤獨。

十一月的風微涼，氣溫雖已逐漸穩定，但還是習慣聆聽氣象預報。
哪怕偶有失誤，也要預料所有可能的出現。
只為了去見想念的人一面。
並不揣測再見。

她安靜地佇立在風景裡，橙黃色的楓葉輕輕飄落在肩頭，她的指尖滑過髮絲的末梢，把所有不捨連風颳走。沒有絲毫猶豫的動作，就像離席的倒數，其實並沒有那麼溫柔。

就這樣凝望，好希望記憶能保存愛過的痕跡。現實走動的時鐘，撥動了胸口的疼痛，蔓延在無聲的沉默當中。

他記得所有分別的場面，記得破碎的言語，與歉疚的笑容。

並不是如同所有人說的那樣，再見可以麻木不仁，轉身可以猝不及防。

那條一個人走變得很遙遠的街，隨便找間餐廳糊口沒味道的晚餐，聽著耳機裡震耳欲聾的音樂，搭上搖搖晃晃的末班公車，到沒有目的的地方。

想寫一封信，告訴她這些年來，每一個瞬間，都值得掛念。
想著買下她想穿上的那雙紅色高跟鞋。想著一起躺在屋頂想像
自己是被陽光剛暖和的被。想著那天夜半吵架時擁她在懷裡而
哭皺的襯衫。
原來想念可以感動，也能沉痛。
原來想念的須臾瞬間，在餘生會歷時不朽。

並不是無法堅強，而是所有破碎與圓滿，都長在同一顆柔軟的
心臟。
所以人間有思念，償還那些遺憾。

4

每一次的想念都是一場復甦。

心上人就快要回家了。

她被淹沒在機場的茫茫人海中，依舊努力地踮起腳尖，不足一
米六的身高在角落探頭探腦張望著，找尋熟悉又陌生的身影。

想到要相見，心裡多雀躍。

已經將近兩個年頭沒有見過她的愛人，他們在不同的國家讀
書，距離沒有成為思念的阻礙，反而壯大更加濃烈的情感。

只有偶爾才能見上一面的珍貴，誰都明白，時間就是饋贈給彼
此的禮物。

人們匆忙的腳步，使他迷了路，但不阻礙他前進的座標。他一手拖著厚重的行囊，一手朝著心儀的人招手，穿越人海，向自己邁步而來，帶著春風將至。

和自己腦海想像過成千上萬的畫面並沒有偏差，任哪一種，都明媚動人。

一眼瞬間的心動，定格在記憶裡，留給往後朝思暮想。

沒有他的日子很乏味。儘管馬不停蹄地過著生活，感覺也只是庸庸碌碌。

就像是缺少了一種調味，比如他們可以花費大把時間，來實踐所有平凡的浪漫——看天邊上的一輪滿月、看一場綻放的花季、看無盡連綿的雲霞、看海面上的波光粼粼。

不慌不忙地過著一生，再用一生來回味。

所謂日常，是看著彼此眼裡的青梅，陰乾孤寂，發酵想念，在愛意裡沉醉。

所謂日常，是交換彼此嘴裡的棒棒糖，讓香甜融化在舌尖，爲身體裡每一寸細胞歡躍。

總有一個人，讓你想去愛日落山河，也想擁抱黎明煙花。

想爲世界留下深情的濕吻。

寸步不離的想念，使他存在所有時間中。

無關宇宙、無關季節、無關宿命。

他能伴我走過一生的漫長，奔赴世間的美好。

5

不再錯過每一次想念。

「回家的日子好短，但想家的日子好長。」

鯨在披星戴月歌唱
黑夜與白晝
倘若終點就是那方
身處遠方，那端是家
魂牽夢縈的港灣
終於抵達
就讓時間流走吧
永遠永遠
安放我的家鄉

思念是漫長的遠航

離別的目光
搖曳著歲月的遠航
心裡湧起的風浪
將時間的路
蜿蜒得好長

在誰的手中
保留十月的合照
用月光沐浴思念
再以一杯滾燙的酒
流經萬水千山

只有遠方
風捎來無數次的訊號
地圖落定的座標
用漂流瓶指航

成長有愛論

我不能說成長是一個絕對孤獨的事情。

比成長還要孤獨的事情還有很多。

但成長終歸是一個人的事情，一個人的路途，一個人的承擔，一個人的悲喜，一個人的喧囂，和一個人的靜默。

一個人就算愛過很多人，還是要一個人生活，一個人衰老。

所謂的一個人，並非是失去了陪伴，而是獨自從不完整走成完整的旅程，那才是成長的意義。

> 「每個人都有
> 自己的海域，
> 自己的城牆。
> 你要的生活，
> 你能自己給予。」

2

看見世界的遼闊，就像脫韁的野馬，嚮往自由，不想接受管束。直到長大才發現，真正的自由是在小時候，什麼都抱持期待的年紀，什麼都單純快樂的年紀。

長大是逐漸近視的眼睛，把自己束縛在只有框架的世界。在很小的社會裡，討論短暫，而不敢去想永遠。

3

長大的內心太過擁擠。
長大也是複雜多情的過程。

在得到與失去之間權衡利弊，在付出與回報之間進退兩難。

在不適的地方保持體面，在不愛的時候禮貌收尾，在不能的狀況應當果決。

學習在象限之間的輕重緩急，學習重要與不重要的天壤之別。

長大是不斷地把自己分出去，再不停地收回。

長大是在年齡的刻度，等量的世故。

長大是擁有自己的海域，擁有自己的城牆，恭候誰的來臨，也祝福誰的別離。

長大是對世界多情，抱持懷念與嚮往。長大是背負身分責任，對事物不消磨的守衛。長大是拼湊歸屬的過程，順從光指引的遠方。

長大是經歷破碎，但能更愛自己多一些。

長大是失去萬物，但勇於擁有多一些。

4

中國作家七堇年說：「也許一個人要走很長的路，經歷過生命中無數突如其來的繁華和蒼涼才會變得成熟。」而日本作家村上春樹說：「人不是慢慢變老的，而是一瞬間變老的。」

每個人的成長都是不同姿態，並不牴觸，我喜歡各自的成長有各自的意義，成長不一定只有一種過程，也不是只有一種結果。
長大該有多漫長呢。長大是消耗，長大是遺忘，長大是跌宕。
長大是任何片刻之間。
當你終於長出一雙手可以擁抱世界。不知不覺，也能離萬物近一些。

走到每一個階段，然後對每一個階段的自己說：「我希望你喜歡你自己現在的模樣，不畏懼老了的樣子，即使老了也和世界一樣美。」

長大是走在世界，成為世界。

5

成為一個不動聲色的大人，不需要讓自己內心失去聲音。你仍然可以有自己的情緒、自己的想念、自己的回望，但你要往前，朝著世界往前。
你要擁有自己的生活，而不是活在別人的生活當中。你無須憑藉誰的光，才能燒完很長的夜，也無須模仿別人的盛放，你有

獨一無二的形狀。

愛不要吝嗇給予、痛苦不要自我欺騙、想念不要無人訴說。
你要對自己好一點，如今你能給予自己想要的那種生活了。

你要相信，即使我們都是世界的微塵，但會長成宇宙的繁星。

我的情人

「獻給我的情人，
你是我的愛人。」

1

——你在我眼裡。

我拍他，他抬頭隨手拍了張頂上的光景，然後將手機屏幕亮在
我眼前，像得了糖的孩子滿意一笑，問：「好看嗎？」
我點了點頭，也笑著回應：「好看啊。」

我抬頭看了一眼天空，想嘗試從他的視角看見點世界的什麼。
然而我什麼也沒看到。
視線拉回他的身上，我笑了笑，這次好像真的看見了點什麼。

好看。嗯，在我身邊的你，真好看。

2
——我最愛的人，祝福你平安。

疫情嚴峻的期間，我和男友彷彿回到了剛認識的時期，只能透過訊息與電話來傳遞思念。

回想起疫情前平常的日子，可能是他會來接我下班，我會和他撒撒嬌，他會像對著討摸的小寵物很溫柔地說：「等下帶妳去買喜歡吃的。」

然後晚上再送我回家，離別前還會給我一個大大的擁抱，說下次見。

見不到面的時候，很多在家的時間，我會和他分享我又在廚房料理什麼，他會在電話裡喜孜孜地跟我說：「那以後住在一起，我就可以一邊玩電動，等妳煮好滿桌的菜了。」

「喂！」我出聲抗議。

「啊對，說反了，是我來煮飯，妳在旁邊好好玩電動。」

我噗哧地笑了出聲，附和說這樣才對。

吶，不過親愛的，一起做菜，然後再一起玩電動更好。

距離甚至會讓人開始想念我們時常外宿的時候。

他知道我在外容易睡不好，會先哄著我睡，確認我入眠後才放心入睡。如果晚上我精神好，他會帶我出門去附近便利商店買些小點心，陪著我看電視吃零食，一邊胡鬧。

洗完澡的時候，他會放下手邊的事情，湊過來幫我吹頭髮，而我會伸手在他的臉上塗抹一些保養品。

晚上他比我晚睡，早上我總是比他早起床，所以一進浴室就會看到多的一組牙刷。幫他擠好牙膏、裝滿水杯，等我畫好妝時才會叫醒賴床的他。

跟他生活的感覺很好，是他讓我總是對生活充滿期待。

我喜歡翻過身就能擁抱他，也喜歡他看我的眼神裡充滿著溫柔。

短暫的分開裡會有失落，但更多的是期待下一次見面的時候，可以把接連不斷的想念通通告訴他。

知道距離沒有將我們分開，而是讓我們更期待未來，真好。

3

——我一直是那麼驕傲和倔強，

唯有你是我的軟肋。

剛結束了心理醫生的診療，他帶我回家休息，昨晚沒睡好的他
也和我一樣呈現昏昏沉沉的狀態，簡單的沖洗，換上乾淨衣物
後，才放心地把身體交給溫軟的床鋪。
他說要抱我，我沒答應，因為我擔心那樣他沒辦法睡得好。

我的目光停留在空曠的天花板上，黑漆漆的房裡，窗簾半掩，
傍晚時分的窗外只能照進薄弱的燈光，我忽然開口，低喃地說：
「愛是什麼呀？」
沒能看見他此刻的表情，只聽他柔軟卻帶著不容拒絕的語氣說
道：「轉過來。」我佯裝著沒聽見，他又重複了一次：「頭轉過來。」

我有聽見，可是眼眶一熱，像被誰打開了水龍頭的開關般。
那些眼淚不想再被誰看見了。
我啟唇，壓低聲音，保持平淡地回答：「不要。」

他伸手將我的臉蛋轉向他，認真凝視了我半分，他眼裡流淌的

情意好像已經把他想說的都說完了，生怕我沒讀懂，他不厭其煩地告訴我：「這是愛。」

愛嗎。
像他一樣生來就木訥的可愛，不會講什麼好聽話，時常被誤認為是冷冰冰又嚴肅的一個大男人呀，別人從來只看見他寬厚的肩膀，不知道他也有一個溫暖的胸腔。

埋進他的懷裡，熟悉的味道彷彿是得到了安心的許可，我的眼淚開始不受控制，嘩啦啦地流，一邊傾吐，一邊嚎啕大哭著：「我不想看醫生、我不想吃藥，我不喜歡，我好害怕……」
他沒有說話，一邊輕撫著我的背。他知道這個難關一時半刻不會過去，但他會陪著我走過，無論要花上多少時間。

「我想回家，我們等下就回家好不好？」
腦海浮現在醫院我這麼對他哭訴時，他一直都牽緊我的手。
那時他找了很多我喜歡的柴犬照片讓我看，試圖平復我緊張的情緒，揉了揉我的手，耳邊傳來溫柔的聲線，他說：「好，等下就帶妳回家。」

我想愛啊，大概是有人永遠都會陪你回家。

4
——我想你啦。

開誠布公地告訴你，

反正在你面前我也藏不住秘密。

他有一個小毛病，就是時常不小心遲到的毛病。

交往的這段日子來他已經為我改了很多，連那些過往有的壞脾氣，遇見我之後收斂得一點不剩。

從遠遠的地方就能看到急忙趕來的他，停在定點時，他會先低下頭傳個位置訊息給我，然後臉上保持著一副生人勿近的表情。

可是一抬頭看見我的出現，他又會像個想念主人的小狗狗一樣，瞇著眼睛露出無辜可憐的微笑，高興著我的到來。

前期還是會忿忿不平對於他愛遲到的毛病，每一次表現出不滿的神情，在心裡想著要讓他知道我多不開心，但最後總是會被他奇蹟似的治癒。

很想生氣的我頓時也不知道該向哪兒氣。

我是因為那麼想他呀，才心急如焚地想在約定時間內第一秒就見到他。然而其實只要他能如約而至，就能讓我的壞心情一掃而空。

他下車幫我扣上安全帽，確認我抱好他之後才出發，他的第一句話總是說：「等下我要帶妳去買愛吃的蛋糕、紅豆湯、麻糬喔。」

我鬧脾氣地玩笑說我不吃了，在後座嘟著嘴知道他也看不見，他聽見語調裡細微的變化，哄了哄我說：「回家給妳親一下。」

每每向著撒嬌的他，我總是會投降認輸。

他知道我不喜歡遲到的個性，後來的日子裡也慢慢提醒自己要準時來見我，甚至開始會說想要提前出門來見我。

感情不就是這樣嗎。

少了爭吵不休，擁有的是寬容和體諒。

喜歡你的時候要吻你，想你的時候要去見你，你喜歡的一切我要親手捧到你面前，世界不好的時候我為你擋，世界好的時候與你共享。

開誠布公地告訴你，反正在你面前我也藏不住秘密。

5
——我們帶著各自的柔軟，
去理解每顆心都擁有距離，
但因相信而彼此貼近。

和愛人同居一直是我的夢想之一。

以前我總是會問他，要不要和我一起搬出去住。

剛在一起的第一年，他沒有想搬出去的念頭，所以這個話題總是不了了之。

但前些日子開始有了轉變，他積極地瀏覽網上各種租屋平台，時不時會與我討論分享，我們也會一起想像未來擁有一個「家」的模樣。

是什麼風格的裝潢、窗外能看見什麼風景、一起養什麼寵物，還有每天要一起吃什麼樣的早餐和晚餐，是誰睡在床的左邊或右邊。

不過礙於自己家庭的因素，同居的願望雖然不是遙不可及，也並非一蹴可幾。

我只能時常懷抱期望地問他：「我們什麼時候可以一起住、一

起生活呀？」

他說：「等妳長大之後就可以，但到時我想找一個好一點的家，給妳好一點的生活環境。」

這幾年我們慢慢改掉了愛花錢的壞習慣，慢慢把不需要的東西從生活裡去除，也更在乎存錢的重要性。
我很感謝他願意陪我擁有共同的目標，願意與我成長進步，在每一個里程之間記錄人生的改變，是兩個人一起。

昨天去買晚餐的路上，他一手牽著我，一手保護著我過馬路，我漫不經心地問他：「明天就是 520 了，你有沒有想要什麼禮物？」
「妳是我最好的禮物了。」他不假思索地回答。
我低頭笑了笑，雖然這話有幾分矯情，可是我明白他的真心。

因為彼此的親密與熟悉，在一些浪漫的節慶，我們甚至不做太浪漫的事情。
小時候嚮往的轟轟烈烈，現在看來也平淡無奇。

這輩子或許能相信的不多，小時也懵懂。
但現在我們都成熟了，願意相信心的距離，願意彼此貼近。

6
——這是一篇寫給自己的生日日記，
還有寫給今年身邊的你。

我生於春分的這天。

親愛的男孩，每年我的願望都實現了。
平凡的日子裡為自己點蠟燭，挑一部自己喜歡的電影，和愛人
一起吃頓浪漫的晚餐，不需要很刻意的驚喜，如同你信裡所說，
開始習慣於這樣安靜的時光，並且幸福而滿足。

選了一部日文動畫，你陪著我看自己不習慣的類型。電影的前
座是一對白髮蒼蒼的老夫妻，看著他們的背影，我不自覺地湊
到你的耳邊問著：「我們以後也會像這樣嗎？」
在黑暗裡你的瞳孔更明亮了，你笑著說還是會啊。
真是羨慕年輕時的自己，也羨慕慢慢年老後的我們。

劇情裡有一幕是這樣的，女主角對著年幼的自己說：「也許妳
現在覺得很黑暗，但妳還是會平安長大，遇見很多喜歡妳的

人。」

我並不感同身受，但你也總是不厭其煩地對我這麼說，陪著我在這個偌大的世界裡探索，興高采烈告訴我：「看吧，我說的沒錯對吧？有那麼多那麼多人喜歡妳！」

看著你誇張的表情和自信的笑容，我也感染著這份喜悅，豁然開朗起來。

你就是我的眼睛，是你讓我看見那些曾被我視而不見的光芒。

每個人的祝福像是承載著成千上萬的幸福，所以心一瞬間有了重量。原來被惦記著的感覺，在他人生命裡有過一瞬被在乎的時間，是一件如此珍貴的事情。

無法言表的感謝與愛意——對於每個存在我身邊的生命，那些善良的靈魂，真實的笑容與溫暖，各自有著深刻的意義。

最後一分鐘，想和妳說，生日快樂。謝謝妳平安地活到了今日。當妳在愛之下長大，也要充滿愛去擁抱世界。這樣就夠了。

每當這個時候，春天就要來了。

7

——你能給我的浪漫，

是日復一日向著生活的期盼，

年復一年許下在一起的心願。

平安夜那天他特別休了假。

平常喜歡賴床到中午的他，一早起床到菜市場幫我找我喜歡的

湯圓，還喜孜孜地告訴我，我回家後他要來煮湯圓給我吃。

我笑了笑，說好啊。

他記得冬至那天，我沒能吃到他煮的湯圓。

晚間，我們隨意找了路邊的拉麵店解決晚餐。

我看他有點猶豫，問了他怎麼啦。

他說，他下午本想訂餐廳，但知道我不喜歡人多，又接著說應

該帶我去美式賣場買烤雞回家慶祝的。

見他垂頭喪氣，我說沒關係，牽著他的手說：「我們回家還要

煮湯圓呢。」

他說：「可是沒陪妳好好過節，妳會不會很沮喪？」

我感到好笑，感覺更期待過節的其實是他，但我知道他從前並不是個有儀式感、喜歡過節的男人，這些費盡心思的舉動，只是為了讓我的每個節日都精采。

但他不知道呀，就算沒有禮物或鮮花，少了一頓燭光晚餐，那又怎麼樣呢？對這些節日的期待，是因為他才有意義的。

於是我答：「當然不會呀。」

「好，那回家我煮妳最喜歡的小湯圓給妳吃。」他瞇著眼睛笑。

到家之後，他心急如焚地捲起袖子就進了廚房，我跟在他身旁，想插手一起煮湯圓，他都堅持要自己來。

我站在一旁盯著他專注的模樣，一邊把手裡的冰糖送進嘴巴，一邊想著這樣簡單的聖誕節或許我更喜歡些。

「沒有交換禮物的我們，要開心一輩子。」他很溫柔地說，畢竟他最大的心願是希望我開心。

我笑著糾正他：「不是，應該說——我們已經交換禮物了，交換彼此的一輩子。」

平安夜的晚上，我們在家一起吃了碗熱呼呼的湯圓，坐在沙發上看著好笑的電視，聊著說不完的話。

我想，這就是生活給予最平凡卻幸運的禮物了。

誰說浪漫一定是轟轟烈烈呢。
你給我的浪漫，是日復一日向著生活的期盼，年復一年許下在
一起的心願。

8
——你不必贏得所有人的喜愛，
你在我這裡能得到所有偏愛。

由於截稿日期迫近，我們沒有出門約會，而是窩在剛布置好的
小房間裡，盤著腿抱著電腦敲敲打打著。
他無法幫上忙，所以在一旁戴上耳機，安靜地玩起了自己的電
動，一般來說這種時刻的他都會因為入迷而專注著，但沒有幾
分鐘他突然離開座位，一個人在廚房忙碌起來。

回來時，他端著一杯用透明玻璃杯盛裝的飲料，我有印象，富
士山造型的杯子是我們一年前去台南旅行買的，還記得當時他
說要用這個杯子做飲料給我，但那次回來之後他再也沒有拿出
來過。

他一邊介紹著，要我喝一口，又幫飲料取了一個有點俗氣的名字，把我逗笑了。說看著網路上的教學把葡萄汁、養樂多、荔枝果凍都加進去了。

他知道我愛喝飲料，所以特地用這種方式鼓勵我。

也許只是很平凡的小事，但在那一瞬間，我明白了他就是我前進的力量。

晚上回家時，他大手一撈，從我肩上拎過我的粉紅色背包，問我裝著電腦的背包會不會很重，我假裝可憐地說真的好重，於是他甘願地背著那個與他一點也不相稱的粉紅色背包。

我走在他身後偷拍他的背影。夜很暗，但我眼前的男人很明亮。

他是我的光。

想來確實是這樣，從以前他就不忌諱別人的眼光，他只在乎我的感受。在大街上他願意拿著所有我採購的化妝品、背著女款鏈條包。有時候我會覺得畫面既彆扭又違和，只好笑著把他身上的東西都一一奪回，說他的手還是適合拿來牽我。

到家前我們去了一趟便利商店，晚餐吃很少，肚子餓的我夾了一顆茶葉蛋，拿了一支雪糕。

他爲我多拿了一顆，哄著似的說：「一顆才不會飽，妳必須要吃兩顆。」

我小時候最大的夢想就是買下一百顆茶葉蛋，但長大後我一次也沒有實現這荒唐的想法，而每一次我也只會爲自己買一顆蛋。

不是吃不下，而是捨不得讓自己得到太多。

或許是看到有人願意給我這般偏愛，我連自己都未曾給予自己的愛，所以心裡突然暖呼呼的，像手中握著那顆燙手的心意。

是他教會了我，我不必贏得所有人的喜愛。

而他會給我所有偏愛。

9
——想和你過生活。

雖然對婚姻沒有憧憬，也還不在覺得該適婚的年紀，但隨著年齡增長，偶爾還是會好奇以後步入結婚禮堂的另一半會是什麼模樣的人。

他的個性如何、生活習慣如何、家人如何、對未來的抱負如何……跟他一起生活一輩子的感覺又是如何。

即使不是每一次戀愛都能開花結果，但每一次都是奮不顧身，所有的真心相待都是在等待緣分有一天發生。

有時候他擔心我沒有安全感，擔心我不夠自信，他會和我說：「我會和妳結婚，不會給別人機會。」
不知道這些話認真的成分有幾分，但比明天還遠的承諾很可愛。

睡前我好奇地問他：「你覺得什麼樣的女生適合結婚呀？」
他不假思索地說：「妳這種的啊。」
「哪一種？」我覺得他回答的很隨意。
「會幫我打掃房間。」因為他容易過敏，所以我下午趁他在休息時把房間掃除了一下，但還是覺得這回答像搪塞，於是繼續追問：「還有呢？」
「孝順、三觀適合……」他努力擠出一些詞彙。

「那我要嫁給一個對我好的男生。」我笑說。
「我對妳很好很好喔。」他說：「妳看我睡覺時，妳在我旁邊一下大聲歌唱，一下翻來滾去的我都沒嫌妳。」
想到覺得很好笑，我說：「但你那時候一定覺得我很吵，所以

後來才把我抱住吧。」

他帶我去公園放風完就拎我回家睡覺了，本來約定好晚上還要出門溜滑板，但躺在床上的枕邊人看來已經體力耗盡，只有我還在一邊高歌、一邊往他身上蹭。

他翻過身來抱住我，問我今天精神怎麼出奇地好，後來我安靜了一陣子，以為他已經睡了。

然後他和我說，他其實沒有睡，一直瞇著眼默默觀察我在做什麼。

他視線裡是我。

腦海突然多了一個想法。

希望以後嫁給的那個人，是個很愛我，滿眼都是我，想陪我過生活的人。

——和他一樣。

10
——餘生讓我照顧妳吧。

一個月一次的生理期大魔王又來了。
這是在一起以來,第一次在他面前表現得十分不舒服。

晚間他帶我回家之後,我趴在沙發上,沒什麼力氣說話和移動身體,他蹲下來摸摸我的頭,直視著我,喃喃唸著:「妳看起來好不舒服,好心疼。」

他低下頭在手機上打開搜尋,隨後拉過我的手,在我的手掌上揉捏按壓。
腦海閃過幾幅畫面,我忽然笑了出聲,說:「還記得上次你也很不舒服,是我上網查按什麼穴道能幫你解酒呢。」
他沒說什麼,只是專心地幫我按摩疲憊的身子,一心想讓我舒服些。

這種能互相照顧的感覺真好。
有你在身邊,真好。

11
——和你一起奔赴未來，是我所期待。

下午抵達台中，簡單地整理一會行李，我一邊準備工作的內容，而他在我身後捕捉陽光燦爛的瞬間。

一會兒，他提議：「要不要去樓下散散步？附近有審計新村，天還沒黑應該都有開。」
我思索了一下，但因為眼皮實在很沉，還是想小睡片刻。
「好呀，讓我瞇個半小時我們就出門。」

設定好鬧鐘，不到五分鐘，我就已經睡著了。
起來時發現黃昏了，我回頭看一眼枕邊人，他已經放下電動，跟著我一起睡著了，不知道是什麼時候睡著的？這陣子也真是辛苦他了。

或許是我的動作驚醒了他，他忽然睡眼惺忪地起身，然後問我肚子餓不餓，有沒有想吃的餐廳。
但因為這趟臨時的行程，並沒有預約餐廳，想吃的火鍋店都客滿了，他看我一臉失望的樣子，把我攬進懷裡說：「沒關係，

下次我先預約，再帶妳來吃，好嗎？」

我點頭，噘著嘴。他看著我說：「好可憐啊，感覺我的小女孩受委屈了。」

不過就是一頓沒吃到的飯嘛，有點可惜，但其實沒關係。看到他為此而心疼我，我突然好笑地露出喜悅的表情。

他的肚子咕嚕響起。我看了一眼，笑得更開了：「你也餓啦？」

「對啊。」他有點懊惱地說，「居然被發現了。」

我接著問：「從什麼時候開始餓的呀？」

「從妳睡覺前，因為有點餓了，所以提議說要不要去外面走走，想說順便吃晚飯，結果看妳想睡了。」

少說也餓了一小時多了，我有點懊悔地說：「你明明知道要是你說餓了，再累我都會陪你出門吃飯的。」

「可是我不想啊，那時候妳都這麼累了。」他還是那麼寵我，然後拍了拍我說：「好啦，那我們去吃飯吧？」

我突然想到，他也曾經說過自己是受餓就會心情不好，難以讓自己受委屈的人。

但他卻可以為了我變成一個無比柔軟的人，想要照顧我、想要

陪伴我，想要凡事爲了我著想，願意爲了我而受委屈。

就像我也是這麼善待他一樣。那樣的愛我，甚至是給予更多的愛。

未來啊，我們時常討論的這個話題，會實現嗎？

我想和你奔赴未來，無論是什麼樣的未來。

——有你在，一定是很好的那種吧？那種充滿光和溫暖、愛和平靜。

那麼好的未來，我想和你一起擁有。

12
——人間浪漫是與你朝夕日久。

睡前，我問他：「爲什麼你會喜歡我呀？」

「雖然這個問題妳問過一百遍了，但我還是會不厭其煩地一直說給妳聽。」他很溫柔地說。

人間有你，足夠浪漫。

13

——陽光燦爛的時候，和我約會吧。

元宵節有猜燈謎的習俗，為了應景所以我也讓他寫幾道謎題來考考我，他在紙上寫了六道題目，我一題也沒答對，全都是靠著他給的提示來過關的。

猜謎真不拿手，所以我們一起玩了默契大考驗，沒想到兩個人連第一次去約會的地方都不記得。

翻了相簿才發現，第一次是他帶我去最愛的海邊，那是個陰鬱的天氣，我還穿了不合時宜的鞋，磨破了腳跟。
我記得他著急地下車，帶著便利商店裡買的 OK 蹦幫我包紮。
那時下著細雨，他連傘都忘了帶，我坐在車裡暗自笑了，心想也不過是一個小傷，即使走起路來很疼，些許是生怕壞了出遊的興致，我也沒敢多喊疼。

後來在九份我們一起吃了一碗芋圓，我看著窗外的山色漸漸起霧，心想他原本想幫我和夏天留影，看來這次又錯過機會了，我們沒久留便開車離開。

不知道他會不會有些失落，開車回程的路上，他和我說：「下次晴天時，我們再出來拍照吧。」

心想眞的沒關係的，但爲了下一次碰面，我說：「好啊，下次陽光燦爛的時候，和我約會吧。」

手機裡有幾張偷拍的背影。

我的男孩是我的陽光。

14
——和你去天涯海角，看這個世界之大。

二〇二三年的六月，我們完成了共同清單裡的計畫——一起出國。

男朋友從來沒有出國的經驗，而我雖然出國過，卻從來沒有去過日本。

除此之外，更沒有與另一半一起出國的經驗，心裡的期待加倍上升，人們總是說一起出國的情侶更能看出適不適合，雖然我們在國內時常旅行，可是從沒有過整整五天的相處（但無論是

盡興玩、還是觀察相處，各方面來說都覺得五天不夠）。

我很想知道一起出國的情侶會擦出什麼樣的火花。

在日本的一切都很新奇，不光是喜歡的風景，我總是不停地想捕捉，不用排隊的餐廳，卻仍然美味不已。當然，還有逐漸失控的購物慾。

住宿是在兩個行李箱都無法攤平的空間裡，不過每天只有晚上九點過後到早上九點的十個小時拿來休息，有時候甚至還不到。

我們時常一整天逛累了，晚上還會買樓下 LAWSON 的氣泡酒和炸雞（真的很好吃），配上看不懂日文的零食點心，以及價格不心疼的哈根達斯，聊上好幾個小時今天的事情，無聊的下酒菜都變得很新奇。

回到房間裡，他會幫我吹乾剛洗好的頭髮，然後我幫他貼上消除疲憊的清涼貼布。

如果半夜睡不著覺，我們會一起去附近二十四小時營業的唐吉訶德散散步。

雖然是身處不同的環境，但一切的生活，就好像剛邁入同居生活的情侶。

很平凡，但往往這些平凡的瞬間最容易感覺幸福。

五天的時間很短暫，沒有辦法安排上所有想去的地方，勢必會有所取捨。但他優先了我的選擇。

他沒有抱怨和我一起去的地方自己有沒有興趣，沒有顧慮在大街上為我拎著免稅的幾大袋商品，也沒有不悅我粗心大意搭錯了回家的車，或是遺憾清單上沒有去的咖啡廳。

他總是覺得和我在一起，無論是去哪裡，都沒有關係。因為他只是喜歡和我一起。

才回台灣的隔天，行李都還沒收拾完畢，見訊息那端他傳來機票的截圖，然後百般興奮地告訴我：「我們下一次什麼時候再去日本？我看好機票了！好想明天就飛。」

我覺得既突然又好笑，他明明覺得這五天很疲憊，也沒有想像中那麼有趣，但仍然懷抱滿心的期待。

我在想，會不會並不是日本真的有多好玩，而是因為是我們一起，這趟旅程才有所不同呢？

如果真的是這樣的話，或許真的是這樣。

天涯海角，我想我們都適合一起去。

15
——致我的情人。

這次第幾次和你說我愛你了？

你或許不明白，但這些愛足以讓我走好長遠的路，從一無所有的深淵一直到繁花盛放的花園。

我並不是個擅長表達愛的人，我粗魯、沒耐心、脾氣差，庸俗且平凡，我不是別人口中說的那個完美的女孩。

但你毫無保留地接受了我的全部。

有時候超越了感激的話語，這幾年的作品裡試圖想放入很多我們的回憶，用字裡行間不易察覺的段落表達。是你讓我原本只有憎恨的心，能照進一絲絲陽光，能理解他人的溫暖，並給予相同的溫柔。

你見證了我的改變，同時也帶我走向光明。

謝謝你無畏我受過的傷，謝謝你能拾起我破碎的希望。

又或許這些話已經不夠動聽。

你如果願意，我想續寫這些故事，一次又一次的翻篇，直到老了的那一天。

獻給我的情人，你是我的愛人。

_____ 寫於 2020 至 2023 期間

「星期三我們能做什麼？我們什麼都能一起做。」

又有什麼一樣

響起倒數的綠燈

一起奔跑到路的盡頭

不要回望

就算只是五秒之間

平凡無奇的快樂來到

不依靠指南針

找距離最遠的星象

討論不著天際的太陽系

選擇居住的天體

或許就是這個星期三

我們就搬去天王星上

不按照運行的軌道

回到地球後

再一起走完 25,765 年的歲差

星期三不說早安

把昨夜沒吃完的宵夜
拿去餵食無底洞的噩夢
用一杯你愛的西西里咖啡
混合微醺的氣泡酒
慶祝今天終於來到

一百零一天的星期三
我們不要說早安
用完一頓早餐
帶我去街上走走
看著屋簷上求愛的貓
想像婚禮已經來到

討論行人的穿著
和車水馬龍的城市
有什麼不一樣

甲辰年六月廿六　星期三

是這個星期三
或是下個星期三
約好每個週末來臨前
買兩串深夜裡的關東煮
特價的一手啤酒
成對的戒指
在一半的夕陽
許下一生的承諾

這樣就好
我知道明天
在每個晚安之後

快樂的步驟

「獻給平凡
最好的禮物，
願你快樂。」

1

好羨慕那些擁有笑容的人。
很快樂嗎，很快樂吧。

2

老實說，我不太明白什麼是具體感受到「快樂」。

快樂之於我而言，是一個很遙遠的詞彙。
人們很容易在快樂中注意到任何一點的悲傷，但卻很難從悲傷中感受到一絲快樂。就像我並不太會對得到一個東西歡天喜地，而會對一個失去、沒有得手的東西，感到沮喪至極。

我很明白自己不屬於樂觀、正向的那一派。

發現自己很難對於別人的喜悅感到幸福，卻很容易對他人的悲傷產生共感。

我常常認為自己是異類，看著身邊的人們能發自內心快樂，我總感覺很羨慕，在那個快樂是唾手可得的童年裡，我有的都是庸人自擾。

循環歌單裡，悲傷的歌占比總是更多，不喜歡聽輕快的歌曲，那會讓我感覺焦躁不安。我每天做夢，但夢到快樂事物的頻率屈指可數，夢裡總是無數次上演著災厄與末日。雖然人生也有幸運的事情，但碰上的倒楣事更多，有時候生活的不順遂即便微不足道，也會給我帶來不小的打擊。

如果要形容的話，那就好像白天的房裡，沒開燈也只是無關緊要的小事，但在烏漆抹黑的房間裡，即便只是微弱而閃爍的光點，也能成為焦點。

我就在想，快樂和悲傷也不過是這樣吧。

3

還記得有次和朋友去看電影，朋友對故事的結局久久不能釋懷，她沿路抱怨著結局不夠大快人心，對不美滿的情節評頭論足著，一把鼻涕一把淚地可憐著遺憾。

我面不改色聽著，她義正嚴辭地對我比劃，問我能喜歡這個結局嗎？

男主角離世，女主角殉情，相愛卻不能一起。

片名早已預告了結局，但人真奇怪，或許還是會期待奇蹟的出現嗎，我不能理解。在我心裡像是負面那端有個磁鐵，所有的想法都會不自覺地優先偏向負值那方，我從來沒辦法期望好事。

她問我：「好結局與壞結局妳更喜歡哪個？」我毫不遲疑地選擇了後者。

但所謂的好結局又是如何呢？沒有任何人死去、能相愛到老、擁有幸福與快樂的生活，才能稱作好結局嗎？

能和所愛的人，待在同一個世界，對殉情的女主角而言，說不定就是最好的結局了。用不同的形式存在，離開了痛苦與折磨，陪伴愛的人離開，是她為自己下的最好結局。

悲傷的結局總是有遺憾，但我喜歡遺憾，遺憾可以更長久地記得。
遺憾少了些快樂，那令我感到無比真實，就像是人生。

4

我一直是個很情緒化的人。

有好一陣子的心理狀態並不太穩定，可能上一秒還能與人談笑
風生，下一秒我就想讓自己遠離人群，想好好在無人看見的角
落裡對自己發洩情緒。

其實在那個時期，我已經意識到自己生病了，但我一直都是這
麼逞強地生活著，於是我隱忍著自己的不快樂，在人們面前表
演快樂。

一直都明白，悲傷會帶給別人負能量，沒有人喜歡與這樣的人
生活在一塊，就像是一個人抓著一個人跌入泥濘裡，而多數人
都會對此避而遠之，人的本能就是逃避不利。

乾淨的人可以相互擁抱，但一身爛泥的人，無法擁抱無瑕。

有時候不快樂就像是一個人的事情。看著置身事外的人，他們
擁有燦爛的笑容、漂亮的衣著，但相對之下，自己毫不起眼，
黯淡又無光。

我好喜歡那些閃閃發光的人啊。

而我知道我不是。

二○年我去看了心理醫生，醫生問我能不能回想過去的事情，慢慢讓他了解我的狀況。我很意外，在我腦海裡浮現的竟全都是負面的想法，我問他我這樣是不是很糟糕。

醫生告訴我：「容易負面是一個想法，但不是一個事實。」

他說我可以藉由轉念，讓負面的事情變得不那麼傷心，讓我可以跨越我心裡設立的安全界線，我可以走過我的悲傷。

可能我只是忘記怎麼快樂而已，而不是無法快樂。

那陣子為了讓身體痊癒、讓心靈痊癒，我吃了大大小小的藥物，熬過了漫長的苦痛期。我的生活跟快樂沾不上邊，每一天我都是苟延殘喘地活著，我脆弱、自憐、陰鬱，我是所有負面的集合體。

但我很努力想要好起來，想要重拾能看見快樂的眼睛，能溫柔善待世界的心靈。

吃進肚子裡的藥物並不是徒勞無功，漸漸能與自己共處的我，感覺往正極緩慢拉扯著。我的腦袋像是被支配著，痊癒也不是毫無代價，我喪失了大部分對外界的感知。

第三次看診時，我哭喪著臉，不知所措地對醫生傾訴：「怎麼辦，我好像不是我自己了，我感覺不到任何開心，也感覺不到任何傷心。」

藥物的作用出乎意料。二十多年來，只認識向來有明確情緒起伏的自己，如今的我像是麻木的魁儡，沒有自己的心臟，只剩空殼在活動。

我不是自己了。那樣的念頭，令我好害怕。

醫生說以治療目標來看，只要能讓傷心的感覺不強烈，當時的我就是向前了一步。

但對那時一無所有的我而言，擁有傷心，是那麼重要。

5

我沒有發自內心感覺過「快樂」。

那是在我大病初癒之前的事情。正視著不快樂的自己，一眨眼三年過去了。

生活並無太大的動盪，我仍然日復一日過著平凡無奇的生活，偶爾寫寫字、看看書、追追劇，然後在大太陽的時候踏出房門

走走，快天黑的時候爲自己點亮房裡所有的燈。

對過去的我而言，擁有平凡，已經是最大的進步了。

現在的歌單裡鮮少有悲傷的歌曲，我開始習慣選擇輕快可愛的
旋律。每個月我會量力而爲地捐款給弱勢團體，渺小的心意卻
令我心裡很踏實。我會因爲出門遇上一隻喜歡的柴犬，而愉悅
上一整天。不再有很嚴重的容貌焦慮，對著鏡子，我每天都很
喜歡自己越來越平整的皮膚。收到網購寄來的包裹，看見自己
得到優惠省了便宜，便覺得如得到了宇宙幫助般幸運。

感覺快樂不再是遙不可及。

我能看見身邊有愛我的人，而我正好愛著他們。

我從來沒有期待過明天，但我現在不畏懼明天。

多好啊。我突然想起醫生當年和我說：「負面不是一個事實。」
我仍然過著如出一轍的生活，只是有了截然不同的想法。
我更願意與他人交流，擁有眞誠的笑容，開始對美滿的結局也
會熱淚盈眶，因爲深知那些幸福多麼得來不易。

以前我總覺得那些快樂的人們都不曾有過煩憂、不曾傷心、不曾悲傷過，但其實不是的，正是因為明白這些深沉的情緒，才能淡然地生活著。

悲傷曾讓我覺得一無所有，但快樂讓我安定富足。

我失去過事物，比如書寫傷心的能力，我再也不能憑藉那些肆無忌憚的傷心，洋洋灑灑地為悲傷作證。如今我斟酌寫出的一字一句，小心翼翼地保存來之不易的快樂。

我仍在練習如何寫出幸福的文字，如何感受幸福，並且傳遞幸福，也許要再次花費一個三年，但我開始期待三年後的我又能如何。

快樂易得，卻也不易得。

擁有快樂當然也是重要的事情，但我希望，生活的當下能同時感受到快樂與傷心共存。擁有傷心，才能對比快樂。

6

傷心是選擇，快樂是禮物。

自由的形狀

翻開童年的記憶，依舊陽光明媚的午後，人們神采飛揚，舉辦著小學運動會的操場，有很多希望此刻正在萌芽。
我也是站在光環裡的存在。

體弱多病的我時常缺席，去年的運動會，我在醫院的頂樓陽台參與著。小學就在醫院的正對面，大操場布置著五顏六色的掛布與氣球，我用欽羨的眼光望著在平地上大步奔跑的孩子，又看著坐在輪椅上的自己，與灌輸著點滴的瘦弱手臂。
距離好遠。那個時候最接近我的，是地面升起五顏六色的泡泡，在陽光的照射下熠熠生輝——閃爍動人的夢想，就像孩子們的希望，隨心所欲地飄蕩，再不顧一切往自由的地方飛翔。

那樣的世界，有一天我也能融入嗎？

「往自由翔翔，
嚮往自由，
也能被自由所愛。」

我腦子裡時常浮現這樣的想法，偶爾羨慕，偶爾逃離。

我不愛上學，個性乖僻，大多時候我會慶幸自己能待在最安全的病房，只有自己存在的病房，那樣的寂靜與蒼白使我安心不少。而腦中浮現的念頭，是不敢與大人分享的秘密，生怕他們看著那些發光的星星時，會一併看穿我的晦暗。

直至隔年的運動會，我也站在萬眾矚目的地方，再也不是旁觀的演員。

學校規定每一位同學都必須參與表演活動的比賽環節，儘管不參加競技與田徑項目，我還是要上場。為了班級榮譽，那些小小的面孔上，個個充滿了幹勁十足的鬥志，有時也有慌張焦慮的神情。此起彼落的歡呼聲、活潑輕快的熱門曲目，灼熱的視線在無數身影裡交錯，在名為青春的盛大舞台放映著──那些

笑逐顏開、無所畏懼的模樣，在此刻都不是遙遠的幻想。

廣播報告著接下來各個班級將迎面而來的挑戰，雖是毫不熱血的健康操比賽，但在不足一米六的身軀裡，彷彿沸騰著前所未有的激昂與雀躍。
第一次參與了團體比賽，也是第一次明白，即使再渺小的人，在此刻都是最重要的主角。
我努力地跟上音樂的節奏，用不協調的僵硬四肢，描繪著已經在腦海裡複習成千上萬次的動作與畫面。偶爾偷瞄了眼前的同學，偶爾維持著表情管理，已經能習慣身體記憶的韻律感，跟著節奏，我慢慢放下忐忑不安的心情，盡情沉醉其中。
只要我想，還是做得到的吧？

那些膽怯、躊躇不前、惶恐不安，慢慢抽離了努力揮舞的身體。

向自由突破框架，向自由鼓舞，向自由飛翔吧。
向嚮往的自由喝采吧。這些掌聲此刻是為我們響起的，我就站在光環下啊。

飛舞的透明泡泡，在陽光的折射下，產生了五顏六色的虹彩光輝，輕盈地跳耀在無形的勇氣階梯上，為了所及的目的地，它們會無數次地出發，也會無數次地抵達。
那些原本黯淡無光的念想，突然有了色彩斑斕的希望。

終於明白，明亮的不是人的本身，而是我們有勇氣去創造的世界。

如果鳥語蟬鳴還是你動聽。

如果明年同樣春花爛漫。

如果有一成不變的願望。

如果你的味道獨一無二。

如果喜歡會變得忐忑不安

如果害怕而患得患失。

如果選擇會背道而馳。

如果忽視那些道聽塗說。

如果關心變得微乎其微。

如果傷心的話如出一轍。

如果泣不成聲的求你留下。

如果好好表達那些意味深長的話語

如果在觸景傷情的城市裡迷失自己。

如果夜深人靜能夢見你。

如果童話有永垂不朽的時間。

如果瞬息萬變還是想念。

如果緣分能夠未完待續。

如果有生之年能好好再見。

如果只是一期一會。

如果這個世界並沒有如果

如果

「如果這個世界並沒有如果。」

如果千里迢迢去見你。

如果計畫這場不期而遇。

如果不露聲色的暗戀。

如果有了不約而同的思念。

如果萬籟俱寂裡藏不住心跳。

如果不問冬夏地寫信給你。

如果義無反顧地愛你。

如果屏氣凝神地吻你。

如果人山人海我能辨識你。

如果一起去看滿山遍野的流星。

如果在河堤旁的午後談笑風生。

友人 W

「世間最美好的事情，
是兩顆住在不同
靈魂的心
能真誠相待。」

1

姑且稱她 W 吧，我親愛的好友。

老實說，我並不怎麼擅長寫關於友情的文章。或許是從很小的時候，就沒有特別多朋友，對於交朋友的經歷也不太好，所以造成我對「朋友」這個角色的需求很淡薄，也不知道自己到底能不能勝任好朋友的身分。

在交友方面，我是很不主動的人，既不主動認識別人、更不會主動維持聯繫，所以幾年下來，真正留下的，都是建立深厚感情基礎的朋友。

W 和我是大學的同班同學，在我的觀察裡，她是個很愛笑的女孩，總是坐在離我不遠的位置，感覺隨時都充滿著活力，容易就和其他同學玩成一片，再加上她參加了大學迎新活動，很快地在班上有了自己的社交圈。而我也和附近座位的同學成為了朋友，基本上我們是沒有交集的兩個圈子，但偶然因為當時班上的男朋友，和她有了更長時間的相處機會。

大學時期，我們時常形影不離，有很多分組的作業也會一起完成，座位也都安排在一起，有時候會一起蹺課去公園抓寶可夢、有時候會一起討論化妝品和衣著，也有時候會一起在課堂睡覺。四年多來的記憶，都有她的一席之地。

雖然團體裡也有其他朋友，但不知道為什麼，當時就是與她最親近。我想或許是因為 W 的個性既柔軟又大方吧，她向來很會照顧別人的心情，對朋友無微不至地關愛，擅長表達情緒，總是笑臉迎人，把美言掛在嘴邊，有話直說、體貼善良的模樣，是個非常溫暖的朋友。

我是個與 W 截然不同的人，個性古怪又扭捏，面對別人總是不夠真誠與坦率，但即便是面對這樣的我，她仍然是給我不計其數的自信與支持，她說她喜歡我的可愛與獨特。

大學前兩年，我們就是比普通朋友更好的好朋友，對於「好朋友」這個詞彙，在我心裡已經是極為特殊的象徵了，畢竟我真正的朋友稱不上多，很多都是泛泛之交罷了。

大概是從第三年起，我才覺得 W 對我而言是重要的朋友，而她也同樣地重視我。

我們更深地交心，很多我從來不願意向別人說的話，卻願意說給她聽，就算那樣的我有一些不堪與狼狽。她從來不可憐或同情我，而是擁抱我，給予我更多的自我肯定。

在她心裡，彷彿不管我多陰暗，都是一道曙光。

2

有人說，患難過的友情，才能證實感情的深厚。
我想是的。

我們經歷過彼此很多段感情，陪過彼此哭、也陪過彼此笑，一起去外縣市旅行，也約好要一起出國看看世界，可以看彼此素顏的模樣、可以一起洗澡，可以聊天南地北的話題，可以在分享時第一個想到對方。

但令我印象最深刻的是，她願意接住我的傷。

那年剛好經歷了一場失戀，也是我憂鬱症最嚴重的時期。雖然需要人的陪伴，卻又不想要成為別人的重擔，我沒有辦法發自內心地依賴別人，所以選擇自己度過自己的難關。但 W 並不是這麼想的，她認為既然是朋友，就要一起承擔這些快樂和傷悲，她義無反顧地在我身邊，無論那時候的我是什麼模樣，她都說我很漂亮。

我傷害了自己的手腕，白皙皮膚上肉眼可見的刀傷，並不是為了得到誰的關注，但看在她眼裡，都是一筆一刀劃在她心上。

我沒有想過有人會為我如此傷心，我總是獨自承擔著我的傷心。

在我被愛人拒絕千里之外的時候，是她陪我走過痊癒的路，陪我去看一個足足等待三小時的門診，然後在我什麼話都無法哭訴的時候，告訴我沒有關係。

在我每一篇自我厭惡的貼文底下，不厭其煩地傳達，無論我是什麼模樣，都值得被愛，她會一直在我身邊。

幾年過去，她真的做到了。

突破我一直沒有辦法向人敞開的心房，把這些不漂亮變成勳章。

她改變了我不信任人的習慣，明白擁有好朋友是什麼樣的感覺。

雖然在我的生命中她不是唯一一個朋友，但她很特別。

她願意愛我所有破碎與美好，而我也愛她儘管之於世界很渺小，卻無可取代。

3

親愛的 W：

我一直想告訴妳，很謝謝妳走進我的生命裡。

妳相信緣分與宇宙，那大概是緣分把我們帶到彼此面前的吧？
是宇宙讓我們成為朋友的吧？

妳大概是唯一一個跟我吵過架的朋友，但真奇怪，我們居然會成為那麼好的朋友。雖然我不太相信越吵感情越好的道理，但我相信妳。

我們總是有許多相似，卻又擁有許多相異，也因為如此，我們能互相理解，也能互相指引。

謝謝妳找到了我的優點，用妳的溫暖照亮我的世界。我明白自己並不是像妳一樣那麼可愛又善良的人，但如果聽見這樣的話，妳一定會很生氣地反駁我，說我就是最好的，想想就覺得莫名逗趣得好笑。我喜歡妳不吝嗇誇獎人的模樣，是十分認真且真誠的，但也希望妳知道，那些誇獎的美好同時也是自己，妳是值得被愛的人。

我陪妳走過四段戀愛，妳每一次都會很傷心地問我，是不是自己不夠好，才會每一次都沒辦法順利或長久。我知道妳是非常重視感情的人，妳已經付出了百分之百的愛，如果沒有辦法如願，那只是相遇的時機點不對，妳還有很長的人生可以慢慢去尋找、慢慢被理解、慢慢去愛。
這個世界那麼大，一定有人能看見妳的好，並珍惜妳的一切，不再視為理所當然。

妳總說自己很脆弱，但在我眼裡，妳不是不堅強，只是比別人柔軟得多。
柔軟並不是個缺點，容易為他人感同身受、設身處地著想，習慣照顧別人比自己更多，給予別人的溫柔也總是加倍的多。
但在愛別人的同時，希望妳也能好好愛自己。

這幾年我看見了妳的改變，妳更學會獨處，欣賞自己的優點，相信正向的能量，然後好好地生活。已經是十足的前進了。我會在妳身後扶持妳，所以妳就放心地、勇敢地，去追求想要的人生吧。

看著我為了創作煩惱，常常三更半夜和妳傾訴壓力，妳說那不然就把妳的故事寫進書裡吧。但比起那些糾結的愛情，在這裡，我更想寫我們的友情。
我想把這篇文章獻給妳，獻給我重要的朋友。

謝謝妳讓我遇見更多愛，謝謝妳陪我熬過傷，謝謝妳讓我能做回我自己。
我只想讓妳知道，妳要像我愛妳一樣，愛著自己。
無論世界是什麼樣、明天將會如何，我都會在妳身邊，做妳最好的朋友，妳的港灣與依靠。

所以請永遠像現在一樣，快樂且平安。

你擁有的溫柔一定是絕無僅有，
是因你而生啊。

親愛的浪漫

1

親愛的浪漫，我們都得了一種病。
在二十一世紀流行的，是浪漫病。

2

不知道為什麼，很喜歡別人說我是個浪漫的人。

每個人對於浪漫的定義各有不同的標準，但在我眼裡，浪漫是
一種「所見皆有愛」的代表。萬物都會因為這樣的濾鏡，產生
美好的氛圍。
我喜歡任何漂亮的事物，太陽與月亮、花朵與季節、白雪與銀河、
洋裝與髮飾、可麗露與瑪德蓮，美好的事物總是讓我心生嚮往。

也許是因為自己缺失的那一部分，因此特別偏愛一切光鮮亮麗。

同時也覺得自己是很矯情的人。在風和日麗的日子裡出門，看見陽光包圍平凡的街口，樹葉被微風吹得吱吱作響，眼前流動人來人往的過客，或是在一個靜謐無人的夜晚，獨自走在只有路燈照明的小巷，抬頭就望見滿天繁星相伴，這些日常都會令我心頭油然而生一股感動。

多好啊，我曾經喪失了漂亮的眼睛，但一眼望去居然還能看見美好。

只要那麼想，就覺得自己還能保持著溫柔，一步一步地生活下去。

我一直認為，只要有愛，就足夠讓一個人有理由活著。

無論是對人的愛、對物品的愛、對景觀的愛、對事情的愛，任何的愛，都可以成為一個人的底氣，有愛的人會變得偉大而勇

敢，同時擁有脆弱的柔軟。

如果是很多的愛，才形成了溫柔，而溫柔形成了浪漫——那麼浪漫該是多美好的一個詞彙啊。

我想與浪漫生活，無論路遙日久。

3

親愛的羅曼蒂克：

你相信一見鍾情嗎？

不，本來我是不相信的，直到我遇見了你。

你為我的生活帶來天翻地覆的改變，當然，是好的那種。

我希望你是為我遠道而來，為了一場相遇上演命中注定。

我希望你寫著一封情書、捧著一束玫瑰見我，有老派的幽默，
不復存的溫柔。

我希望你在別人眼中永遠平凡無奇，只為我獨一無二。

我想偷偷在你潔白的襯衫上，留下一抹鮮豔的紅，不要成為時
代的眼淚那種。

出去玩的時候，不要你開著名車來接我，裝著菜籃的腳踏車又
有何不可。

不用讓我走在馬路內側，有的時候我更喜歡意外，戲劇性地被
你拉進懷裡。

不要去看人滿為患的花季，為我種植一株剛成長的嫩芽。

餐廳營造的曖昧氣氛，更不及你在家裡陪我拿捏著剛好兩人份
的微醺。

緩慢的情歌之後，我們不要接吻，不要上床，不要留下名片後

再問彼此的電話號碼，講情話的時候不要明目張膽，靠近我耳邊，用氣息留一些值得溫存。

我要你發自內心地了解我、喜歡我、迷戀我。

然後渴求我。

要成為你的一切。

這個世界上，還有什麼比現在更教人瘋狂與著迷？

不要提起愛，愛這個字眼怎麼足夠。

現在都二十一世紀了，你說哪裡有人會這樣談戀愛嗎？

啊，我正是那個不按牌理出牌的人，剛好，我又有無可救藥的浪漫病。

親愛的羅曼蒂克，讀信的時候不要只顧著看字，要看我。

不要許願，願望不會替你成真，我才會。

4

親愛的羅曼蒂克。

親愛的浪漫。

親愛的你。

「我想居住在一個有愛的地方。」

去有愛的地方
翻山越嶺
無論山高水長

去有愛的地方
海枯石爛
無論天南海北

去有愛的地方
在剛好的時光
擁抱世界來到

去有愛的地方

去有愛的地方
看陽光喚醒早晨
看花朵含苞待放
看落葉在湖面舞蹈
看白雪覆蓋山河

去有愛的地方
等啟程的飛機
等末班的公車
等火車駛過海岸
等麥田染成金黃

去有愛的地方
趁五月南風入懷
趁深淺歲月未老
趁人間值得嚮往

一見鍾情

我想對你一見鍾情。

我想在第一次見面拿捏裙子的公分距離，適當的肌膚隱現得很
得體，鞋子不能輕易磨破腳跟，要和你走完很遠的世界。
我想脖頸間的香味能持續更久一點，讓你情不自禁靠我近
一些。
我想注視你的眼神故作矜持一點，讓你刻不容緩再吸引我注意
一些。
我想遲到秒針的半圈，讓期待我出現的時間迫不及待了一些。
我想去人滿為患的樂園，推擠到你的懷裡、被牽起手的機會多
一些。
讓你喜歡我吧，好不好。

「我在只有零點五秒
的瞬間，
作了一個
重大的決定，
那就是喜歡你。」

我願意把你的從前翻篇，為未來許下心願，無所畏懼歲月給的
進退，此刻是蝴蝶將飛過海面。

我願意翻山越嶺、風雨無阻，只為見上一面，盡情浪費的今天，
我要你珍惜更多的明天。

我願意給你肆無忌憚的貪戀，如果你想要的愛不是一刻瞬間，
我的永恆沒有期限。

我很喜歡你吧，對不對。

我想用零點五秒的時間，決定喜歡你的瞬間。

我想在看見你的每個瞬間，都是一見鍾情的瞬間。

貝殼的聲音

恆春的海很漂亮，是你帶我去的秘境。

一望無際的海灣，水面閃耀著波光粼粼，連線的光點像是絲綢緞帶。金黃色的沙灘有太陽的溫軟，上面鋪滿珊瑚碎片、孔蟲化石，和色澤飽滿的貝殼，我們小心翼翼地在蜿蜒的道路上前行，微風吹來愜意。

我好想住在這裡，南端的天涯海角裡。

這裡沒有城市的喧囂，只有無數靜謐的海域，氣溫終年溫煦。

但明天我們就要回去，旅行最終的目的地，還是回去起點那裡。

我們把能在海邊做的事情全都做了一遍，就像唯美的浪漫電影。

曬一場日光浴、蓋一座沙堡、用樹枝寫下字跡、交換喜歡的貝

「你知道嗎，
不同的貝殼，
會有不同的聲音喔，
你要用心聆聽。」

殼、聽喜歡的輕快樂曲，然後直到日落，並肩坐在沙灘上，聽海浪拍打礁石的聲音，讓浪花親吻腳趾的縫隙，等到時光悠悠老去。

我視如珍寶地握著你給我的那枚貝殼。並不像我選的如此五彩斑斕，它晶瑩剔透，像是剛落下的雨露，在不同的角度折射窸密的光影，像你的眼睛，無須加工的美麗。

夜幕降臨在這裡，你起身朝我伸出一隻手，示意著回去。

我沒有問你關於下次的事情。

我沒有把那顆貝殼帶回去，我知道不行。

我擁有的，不需要代替。

「我沒有討厭過我愛過的人，縱使辜負，縱使分別，縱使沒有以後。」

誰愛著誰
不權衡差異
不要為習慣找理由
無論末路窮途

我愛過的都是好人
他們沒有把我變成壞人

我愛過的人
都是好好生活的人
遇見每一個人
都是新的一生

我愛過的都是好人

說好明天去看黃昏
擁抱的時候不要計較
誰先主動

挑選時宜的時候
讓你吻我
不要把情話說得太重
以免分開以後

分隔兩地的十二月
不要談論天氣變冷
只要想我
不要矯情地告訴我

人生

「他們給了我
愛和失去，
但我擁有的
都是人生。」

1

"Tis better to have loved and lost than never to have loved at all."

去愛，去失去，要不負相遇。

—— *In Memoriam*, Alfred, Lord Tennyson

2

八月初的時候，爺爺的身體突然變得很虛弱。

爺爺在我心中的模樣，一直是充滿活力與健康，他喜歡登山運動，飲食清淡，走路慢悠悠卻很穩健，講話逗趣。雖然白髮蒼蒼，臉上布滿了歲月的痕跡，但一雙炯炯有神的雙眼，彷彿是

他不曾向生命妥協的證明。

一個月之中我們會有一半的時間在同個屋簷下生活，但大多時候他都是獨自在房裡，和朋友講電話、看新聞時事，長大之後我也有了自己的生活圈，時常會外出，等到夜深回家時通常爺爺已經熄燈了，我們之間的交流也逐漸變少。

在我記憶裡，爺爺最清晰的樣子，是我童年的時候，他陪我在家附近的公園玩耍，等到玩累了，他就帶我去雜貨店買一罐我喜歡的樂事，走在黃昏下，手牽著手一起回家。在春風和煦的日子裡，滿眼都是笑意。
我已經不是小時候的樣子，慢慢開始不再黏人，奔跑時不會有人在一旁張望我會不會跌倒，也有錢為自己買一包喜歡的餅乾了。
我長大的時候，爺爺也老了。
但我不知道時間流逝之快，時間未曾為誰停留過，無情又狡猾。
一轉眼的時間，爺爺已經年過九旬了。

九月，父親帶他去醫院檢查，整個下午都沒有回家，晚上接到通知時已經是住院觀察了。醫生說爺爺的身體器官正在逐漸衰弱，有一半都已經失去了正常功能，那不樂觀，但很正常，卻

讓我突然感到鼻酸和心疼。

我經歷的生死離別並不多，對這樣的狀況十分敏感和害怕，我想起好幾年前過世的奶奶，自從去了醫院後就再也沒有回家了。

我好害怕他也不回家了。

住院觀察的第五天，爺爺回家了。

醫生說過幾天還是要住院回診，下次要開刀，但他總算是回家了。

我心裡的忐忑並沒有減少，看著滿桌子隨處四散的藥袋，我連看藥單上文字說明的勇氣也沒有，爺爺身上還是插著導尿管，步履維艱，聲音沙啞，臉上的笑容也無影無蹤。聽說爺爺已經有半年多的時間，都是坐在椅子上睡覺，因為躺著會不舒服。但他隻字不提，認為年老的過程就是如此而已。

我好難過，我多久沒有好好看看他了，什麼都不知道。

當天晚上，我坐在客廳地板，屋內沒有開燈，我打電話給男朋友，開頭就是嚎啕大哭。不停重複著怎麼辦、怎麼辦，爺爺會不會好不起來了？我知道他很想天上的奶奶，也知道終有一天他會離開，可是我不知道，該如何面對即將要失去重要的人，

我始終沒有辦法為離別作心理準備。

我現在才意識到日子不長了，也許幾年，幾年的時間又是那麼快。

我不希望他有病痛，但我也不喜歡面對別離。

在失去面前，我們才發現這些時間有多寶貝。

我沒有辦法任性妄為的，要老天爺不帶走任何人。每當我長大一點，我們共處的時光就會少一點，那個時候我還不知道，又或許我知道，但我不想面對。

人為什麼會老去呢？我不斷地這麼想。老去後面對死去，會是一種解脫，還是一種恐懼呢？我始終沒有辦法找到解答。

我無法體會離開的人的心情，但我知道，被留下來的人，都是最傷心的。

我親愛的爺爺，我希望你永遠健朗，擁有很多好日子，期待每個明天的發生。

至少在未來到來以前，你還有很多想遇見的風景，想愛的人，不想失去的東西，還有這一輩子。

無論這輩子多漫長，又多短暫。

3

顧城的一段詩，我很喜歡，是這樣的。

你不願意種花　你說：「我不願看見它　一點點凋落」
是的　為了避免結束　你避免了一切開始

——顧城〈避免〉

以前我很嚮往著這樣的生活狀態。
當一個人擁有的很少，能失去的籌碼也會變得很少。

因為不太喜歡失去，所以沒有過多深交的朋友，在真正進入一
段感情之前，往往想謹慎地選擇自己的伴侶。

但是我們的世界裡，不就是這麼多人來來往往，一個人的離開，
才得以讓下一個人進來，想走的人是無論如何都無法挽留，而
來的人總是在給予承諾。
正因為看過愛一個人的樣子，所以才知道不愛了是什麼意思。

如果相愛最後演變成這種局面，苦苦哀求只是顯得卑微，已經

預告失去的事物，即使失而復得，也都不一樣了。

沒有辦法阻止結束，所以只能避免開始。

我有很多愛過的人，向來都是他們說再見，或是不告而別。

我是個心軟的人，就算辜負，就算錯付，我也會選擇原諒寬恕。

他們給我無法選擇的人生，其實我應該無比傷心，下一次學會迴避或警惕，但我沒有長記憶。我總想著下一次，會不會是不一樣的結局。

再下一次，會不會就是心滿意足的結局。

一次又一次地給出愛，然後一次又一次地失去。

沒有成功地避免每一次的開始，但是隨著長大，慢慢地可以理解失去。會不會有萬分之一的機率，能迎來截然不同的人生？

我想嘗試，我想知道，也想冒險。

畢竟這一生又有多少能擁有，能失去呢。

在有限的時間裡，去熱愛生命，然後不負相遇，如此而已。

4

我有一個很會斷捨離的朋友，我很欣賞她能果決地丟掉不要的
東西。
我覺得她很勇敢。

面對喜歡的東西，她總是誠實表達，而面對不喜歡的事物，她
也會直接拒絕，比如一間不合胃口的餐廳、一杯加了牛奶的飲
料，或是已經沒有緣分的人。

她的通訊軟體裡面，好友人數只有僅僅十五個，過日的聊天紀
錄她也會刪得一乾二淨。反觀自己，雖然有四百多個好友，聊
天的卻只有寥寥可數的對象，即使是不太重要的訊息，我也會
保存下來。
我很羨慕她能爲自己劃分重要與不重要的東西，有的時候，我
甚至會覺得她一點也不懼怕失去。

說來也奇怪，即使是面對已經毫無瓜葛的對象，早已不再聯絡，
我也沒有辦法按下封鎖鍵。
交往時一起夾的娃娃、寫的情書、送的禮物、過期的發票，通

通被我裝箱在房間長塵的角落裡，那也是分手後好一陣子，談了新對象後才想起要整理的東西。不知道怎麼的，就是不會刻意扔掉，就算那已經不再具有意義。

國中時在課堂上交換的便條紙、寫過的作文紙、成長的每一年收到的各式生日卡片，或是過年的紅包袋、保養化妝品的外盒，我都學不會徹底清除。

每一次整理房間，有好幾個櫃子我都不會特別打開，因為裡面全都是我已經不會回看卻始終沒有清理的東西。即使沒有重視的份量，依舊會產生猶豫。

好像在我人生中，失去是具有形體的，即使這些已不存在於我的生活當中，但它記錄了我擁有過的事物。只要不將之清除，那就不算是失去得一無所有。

所以我很欣賞那些可以將「留下」與「丟棄」直接區分的人。

好像只要下定了決心，那些包袱就可以留在昨天，而不用繼續背著向前。

我想學習成為那樣的人，學會取捨，學會在失去之後，不要再當留下的人。

也是當下一個人進來的時候，我才意識到保存的位置不夠了，我仍然習慣把我們戀愛時的拍貼照、車票、商品的贈品、慶祝的道具，全部都留下來，在我最重要的那個抽屜裡。

一個人的空間就這麼大而已，心也是，所以如果要讓新的東西進來，舊的東西就必須慢慢被淘汰。

那是我長大後才明白的道理，在社會開始提倡斷捨離，我才知道原來我是對過去那麼執著的人，在整理與決定的過程裡，才會逐漸發現什麼是對自己「最重要的」。

那些日子，毫無疑問在人生中曾經重要過，收藏著成長以來的軌跡，所有零碎的碎片才拼湊出了現在的我。

而如今，有了更重視的事物。

我應該能好好往前走的，這次什麼行囊都別帶。

有一顆赤誠的心，和一往無前的勇氣，那就足夠了，你說是嗎。

5

這一生，短的有事與願違，長的有如願以償。

存在誰的生命之中，然後在誰的生命之中存在。

去浪費，然後也可惜。
去得到，然後也失去。
去年輕，然後也老去。
懷抱相信，然後也不相信。
懼怕世界之後，去愛這個世界。
不要對錯，也不要意義。
在短暫裡面長成永恆。

那是人生啊。
多好的人生，多壞的人生。
都是人生。

「你知道嗎？如果太幸福是會蛀牙的。」

購物袋裡的不是全部
還想和你去沒到過的站牌
沒去過的超市
把幸福全盤買下
不管特不特價

離別的時候
送你最後一顆金平糖
然後假裝捨得的
說下次見
如果不夠甜
不要問我
只要吻我

含糖標準

留在嘴邊的蒙布朗冰淇淋
刻意讓你的指尖能
劃過我的臉
然後我要在心裡許願
不是夏天的緣故
讓融化加速

突如其來的雨
只共撐一把傘
靠近我這邊多一些
如果淋濕你的半肩
我還有些體溫
可以與你共用

無題二十

*1_*

沒有人能批評你的快樂，
更沒有人能對你的悲傷說閒話。

*2_*

幸福是瞬間。
無須被定義的某些時刻，
覺得這個世界很美好。

*3_*

如果有人想要擁抱你的時候，不要背對他。
因為他也是背對著別人的擁抱，才能面向你。

*4_*

好好生活的標準，

不是能在吃飯與睡覺之間找到規律。

而是覺得自己真真實實地正在生活著。

*5_*

不要讓愛離家出走，

就不用擔心不能久別重逢。

*6_*

柔軟不代表脆弱，

脆弱也不代表無法堅強。

*7_*

擁有期待，同時擁有承擔失望的勇氣。

8_

很多時候人說沒關係都是有關係的。

失去沒關係。離別沒關係。抱歉沒關係。

孤單沒關係。遺忘沒關係。

9_

人沒有辦法忘記重要的東西。

忘記很難，

是因為把重要的東西變得不重要也很難。

10_

浪漫是日常，浪漫是光。

11_
開心的時候保持真誠，
難過的時候就去看海。

12_
哭吧。
眼淚其實沒有那麼珍貴，
沒有了再借就好。

13_
十一月遺憾，十二月失望，
直到十三月不再裝載明天。

*14_*

在陽光正好的時候約我，

不要計畫目的地，我想和你浪費下去。

*15_*

反正想念不是一天的事情，

所以明天再想也沒關係。

*16_*

自由是對萬物的寬恕。

*17_*

花的枯萎是必然，但傷心不是。

*18_*

當你覺得自己很可愛的時候，

整個世界都會變得很可愛。

*19_*

沒有人可以取代你，

你是所有特別的集合體。

*20_*

你要知道，

世間所有的溫柔都是得來不易。

不為誰
而寫的字

二〇一五年的時候，歌手林俊傑發行了〈不爲誰而作的歌〉，那時候我反覆思考著，我的字有爲了誰而寫嗎？

可能對於有些不親自作詞的歌手來說，唱出的都是別人的故事，失去了在故事背後的感情。身爲一個稱職的歌手，常常需要把自己與歌緊密地融爲一體，回到某年某天的膠卷，複習重現的片段，以詞入懷，以歌紀念。

然而對於作家又何嘗不是？把自己解剖，骨肉分離，把血肉模糊的記憶重新完好地拼湊在一起，滿腔沸騰的心臟，持續輸出著全部的能量，好像要掏心掏肺地把所有的自己都赤裸於光天化日之下。

其實兩者本質沒有什麼不同，都是能感動人心的傳遞者，差別只在於對感情的連結程度究竟有多深厚。

「當你仔細地讀一本書，你會發現，書裡全部是自己，也全部不是自己。」

我始終不知道自己在這部分，是不是已經足夠好了，我把所有的自己一點不留地拿出來，是爲了被誰看見嗎？有時候不知道誰能看見，也沒有期待誰會看見。我安靜地寫，夜以繼日地寫，不分晝夜地寫，麻木不仁地寫，有些是我的傷悲，也有些是我的快樂，我的遺憾、我的錯過、我的掙扎、我的奔赴、我的聚散、我的遠方，這裡有好多的我，我分不清哪個是眞的我，或是全部都是我。

有人說，寫作是很孤獨的一件事情。

我很認同。原本沒有勇氣說出口的話，在這裡會變得很誠實，沒有辦法輕易坦承的脆弱，就算不被接納，也能當作消遣。

這個孤獨太漫長，以至於有時候，根本分不清自己究竟想要從字裡行間中獲得什麼。

但任何事情或許都有孤獨的一面，並非寫作而已。

獨對寫作的孤獨感特別有共鳴。從一開始默默無名的創作，或許也稱不上創作，只是想建立心情抒發管道，然後文字使我遇見形形色色的人，有志同道合的創作者，也有患難相扶的讀者。能成為現在的自己，從來都不是一蹴而就，我的背後有許多溫暖相依，但儘管如此，還是偶有寂寞的時候。

比如現在，凌晨的時點，入眠對我而言是好困難的事情。我必須一心一意專注某件事情，抱著一台筆記型電腦、一瓶水壺，和無限循環的音樂，長時間與我的寂寞共處。

我沒有過度探究這些內容是想寫給特定的誰，有的時候，也只是喃喃自語，如果那個人沒有看到這裡，也不會明白這是為了他寫的連篇累牘，這費盡心思的鋪陳只是失去意義。

更多時候，我願意相信這些是為了我自己而寫的。無論有沒有

被看見、被理解，文字都不應該失去意義，它們的價值從來不是被誰認同而已，而是我的影子。不管經年累月後長成什麼樣的樣子，它永遠都是部分的自己，拼拼湊湊在一起，而成為了我的存在，無庸置疑。

我的孤獨——看見的、沒看見的，都在這裡。

如果你能在這裡看見說給你聽的，如此昭然若揭的心情，那不是幻覺。

我想你了，但不見得你要來見我，我只是想提醒自己思念震耳欲聾的聲音。

但順便提醒你，我就在這裡。

你看見的全部，你沒有看見的全部，都在這裡。

「一半的意思是分開能成爲相反個體，集合卻能相抵。」

把過去分成一半
一半眞誠
一半欺瞞

把現在分成一半
一半盛開
一半凋零

把未來分成一半
一半牽掛
一半釋然

一半

把昨天分成一半
一半隨意　　／
　　　　一半果斷

把今天分成一半
一半輕易　　／
　　　　一半爲難

把明天分成一半
一半爛漫　　／
　　　　一半慵懶

震耳欲聾的　不亢不卑的　窈窕的　靜謐的
輾轉難眠的　多情的
宇宙的　告別的　反射的
念念不忘的　支離破碎的　孤獨的
多愁善感的　溫和的
虛無的　默默守護的　欲言又止的　平靜的
歲月靜好的　停止的　無可避免的
悸動的
不圓滿的　漫漶的
指引的
無私的　敏感的

月　　　光

憂傷的　矛盾的　在心上的　誠實的　纏綣的
幽微的
殘缺的　獨處的　純粹的　靜默的
疏離的　隱澀的　孤寂的　婆娑的　幽微的
永恆的　優雅的　無常的　貪心的
遺憾的　虛無飄渺的　想念的
神秘的　不染織塵的
無法開口的　迷人的　自傲的
含蓄的　浪漫的　溫柔的　迷離的　有秘密的

小心翼翼的　　顛沛流離的　　無聲的　　皎潔的

　　　　　　　朦朧的　悄然的　　寬恕的

不朽的　釋懷的　　惆悵的

　孤注一擲的　　　溫婉的　　　任性的

海鹽味的　　悼念逝去的

迷谷的　　如夢似幻的　　陪我回家的　　易消逝的

不留痕跡的　　李白的　　　無垠無涯的

　　　　　　　　　　懷念的　　　　謊言的

長情的

　　　　夢境在抽屜的最深處，鏡子反射能清晰看見雙人的倒影。
　　量眩的　我們沒有問，是什麼樣的枕頭，才能不說夢話，
　　　　　什麼樣的床，才能讓月光睡下。

浩瀚的

　　內斂的　　不堪一擊的　　　　　　　　　複雜的

　　　　　　　　　　捨不得的

無可替代的　盲目的　　　　　　　心碎的

蕭瑟的　感性的　低調的　　曖昧的　　施捨人的

晦暗的　　恍惚的　　救贖的　　垂憐的

　　　　　　　　　　磕磕絆絆的　　卑微的

偉大的　　迷途知返的　　　　　　　　　

不屬於我的　　迷惘的　　遙遠的　　引航的

　　　　　　　　　　遺棄的　　瘦骨嶙峋的

無以名狀的　　混沌的

棉被上有你的氣味

不是我們常用的洗髮精

更像你留過一夜的古龍水

取代雙人份的枕頭

只有一邊的重量

和沒有抵達的夢想

我的窗台靠在看見海的那邊

岸上沒有眼淚

海平線被漆黑覆滅

我沒有游過去的那座孤島

那兒月光氾濫嗎

能不能打撈

流離的自己

126

我熬的不是夜

不會抽菸
但總想像那些電影裡的瀟灑
用一根菸的時間
燒完所有眷戀

你相信嗎
過期的雞蛋也能延續思念
不漂亮的表面
失去鹽的調味
你是怎麼熟練
怎麼瞭若指掌關於我的一切
把簡單也變得很完美

「你睡了嗎？如果沒有，要不要和我一起製造夢境。」

想問你睡了嗎

如果沒有

要不要和我一起

製造夢境

不要捕捉相片的殘影

你的眼睛

適合裝下更多東西

今夜我沒有睡

我熬的不是夜

是當想起你時

還有些許的傷心

不過情人節

今天辦公室的燈暗得特別快，她很快意識到，自己是留下來加班的最後一人。

不用看日曆，一年要過上十五次的節日，視而不見都很困難。曾經也是一員的她，比誰都明白此刻世界在熱鬧什麼。

本能性地抗拒回到空蕩蕩的家，今天她不想要自己開燈。拿起手機，搜尋附近距離最近的餐廳，習慣沒有人在大門口為她等待，她可以自己承受裝著電腦的後背包，原諒沒有人聽她分享連夜的心事。

接近十點的城市仍像是座燈火通明的不夜城，目光所及是五光十色的醒目燈牌、成雙成對的人群，走在錯落有致的繁華裡，她後悔了自己的選擇，在那麼隆重而巨大的幸福面前，自己只是微弱渺小的塵埃而已。

「整個夜晚在
熱鬧的同時，
我只是被忘記的
一場午後雷陣雨。」

冰箱裡隔夜的便當會不會比較美味呢，站在餐館門口的她，不禁油然而生這個想法。也許是被氣氛所影響，今天格外不想要聽見「請問幾位」的問句。

甩了甩腦袋，她往反方向離去，卻沒有目的地。

她看見十字路口旁的路邊小販，有個佝僂的白髮老人，手上拿著一束一束的玫瑰，卻沒有人願意上門，人們行色匆匆地在她身邊流逝，彷彿今天有更為重要的事情，在抵達終點之前，不願意為過路的站牌停歇。

她買了一束玫瑰給自己，老人用滿是乾癟皺紋的雙手，謹小慎微地將玫瑰遞給她，一雙飽經風霜的眼睛笑出了皺紋，向她祝福「幸福快樂」。她頓時眼眶一紅，那是唯一感受到的愛意。

下個街口遇見無人排隊的拍貼機，用一張紅色鈔票，換了一張

與自己的合照。

回到家後，她還是為自己開燈。

鮮紅的玫瑰花插在本該扔掉的寶特瓶裡，她把牆上的舊照片撕了
下來，在留下膠痕的地方，貼上自己的那張，掩蓋得萬無一失。
她加熱隔夜的飯盒，配上一直沒看完的恐怖電影，直到進度條
不動為止。
沒有燒的熱水、未烘乾的衣服、忘記對獎的發票，她一個人慢
慢地完成，直到時鐘走完十二點。

雖然一個人也能好好地生活，有時候還是會嫌棄浪漫來得太遲。

沒有一定要兩個人才能過的節日，
但我想，如果你願意一起更好。

今晚　我想住進　你的夢裡

我不喜歡天黑，不喜歡夜晚。

我的作息並不會日夜顛倒，但大多時候我都會在白天補眠，晚上保持清醒。

半邊天上的光芒如漚浮泡影，落日被地平線吞噬，華燈初上，整個城市被夜幕溫柔地擁入懷抱，忽明忽現的星光，萬家燈火輝煌，成為夜晚的主角。

我的認知裡，夜晚是一種很安靜的存在。萬物會回歸自己存在的地方，原本的熱鬧歡愉逐漸寂然無聲，只有銷聲匿跡的憂愁找到了機會大張旗鼓，莫名使人心生惆悵。

月亮站崗，世界在沉睡，心事像是厚重的雲朵在大氣層中躲藏，有時也會繾綣難捨，有時也會流離失所。

> 「夜幕裡的大片繁星，
> 搖曳的光影，
> 是一生的破碎，
> 也是一生的美好。」

每個晚上使人多愁善感的慢情歌，每個晚上如影隨形的夢境，都是我迴避夜晚的原因。

我不喜歡那些太清醒的傷心，總是提醒著每一天的結束，你還是孑然一身。想偽裝那些堅強，也想無畏那些傷疤，磕磕絆絆地走在成長的夜路上，越過滿天的繁星，不迷戀風聲樹影，一心嚮往著光——原諒自己、釋懷自己，停留心裡的那一縷陽光，能帶來溫暖的光影。

不曉得今夜的你入眠了沒有？

知道我睡眠品質不好，你輕撫著我的背，讓我能安心入睡，在那些夜晚裡，我不用擔心自己是被拋棄下的那一個。如果夜半驚醒，你會調整身體姿態，將我輕輕擁入懷裡，告訴我那些假象都不會發生，末日也未曾來臨。

你唱著那些耳熟能詳的搖籃曲，一次又一次，我想你並不知道，並不是那些故事多動聽，也不是旋律多催眠，而是因為你在我身邊，我才能放心把一切交給夜晚，交給夢境，交給你。

或許我也慢慢改變了。
這次，我想和你共享這個夜晚，貪戀做夢，交換體溫，讓月色在眼裡朦朧，讓情話有機可乘。

如果你存在我每次的夢境裡，

我很樂意不清醒。

我希望你成為我的月亮

如果燈關了

你還是我的座標

我希望你成為我的月亮

你能說書給它們聽

如果星星沒有睡去

我希望你成為我的月亮

你能伴隨那些無處可逃的光

如果世界黯淡

世間萬物都沒關係

夜晚本來就是一個人的事情

如果你是月亮

有了陰晴圓缺

也是循照世事無常

我希望你成為我的月亮

陪我失眠 陪我沉淪

陪我想念永恆

陪我擁抱

陪我失去月光

我希望你成為我的月亮

「我不要所有的月亮都能發光，

我要我的月亮是世間唯一。」

冬日的太陽

1

——我的七歲。

我不是個合群的孩子，我很孤僻，我不喜歡團體生活，我討厭麻煩，我對外界漠不關心，我不希望別人理解我。

我一直都是一個人，我覺得很寂寞，但我在這份寂寞中無法自拔。

從幼稚園開始，我就意識到我並不喜歡上學，我不想融入所謂的社會化，更不想要與同儕有過多的交流與認識。一直到小學這個習慣還是沒有變，我總是最後到教室的那個，而上學的路上總是在掙扎，和父母較量耐心，在校門口嚎啕大哭，不願意去上學，某種意義上，我都是班裡讓老師最頭疼的那一個。

我沒有因此被責備，但老師總是會希望我能敞開心扉的去與同

學們相處，鼓勵同學們主動關心我，其實那樣的行徑讓我非常不舒服。有了很多善良的小朋友會願意與我說話，但我心裡卻擔心受怕著，那些微笑的臉孔下面，是否都認為我是個怪胎呢？明明那麼小的孩子不該有心機，我卻在心裡默默算計著他們的心思。

我不知道該如何與孩子們交好，他們在走廊上奔跑嬉鬧、大聲喧嘩，偶爾會玩一些很幼稚的遊戲。我低著頭，小心翼翼地從背包裡拿出貼紙簿與新買的閃亮貼紙，只有這些事物令我視如珍寶。有些小女孩有相同的興趣，發現我的收藏，偶爾也會想要交換，但我通常是最自私的那個，我不喜歡分享，不喜歡她們擁有與我一樣的寶物。

我一直覺得自己高傲自負、目空一切，所以鮮少與人打交道。反正，肯定也不會有人喜歡這樣的我吧？

我不是很顯眼的存在，我時常坐在最後一排的角落，我不喜歡說話，我又黑又不漂亮，我的身材也不好看，頭腦也不是太好。

或許是因為自卑心作祟，所以我的內心有很多不該在這個年紀該有的晦暗，錯怪了那些善良，想建立不相干的距離，但說到底，只是害怕被看見而已。

害怕他們有的光亮，我沒有而已。害怕他們單純、可愛、勇敢，但我只能把自己埋進土壤裡，看著有人為他們澆水，讓他們發芽而已。

2
——我的十二歲。

一轉眼，我已經六年級，就快要畢業了。

小學期間，一共換過三位班導師，每一位導師都很溫柔，如果要形容，他們就像灌溉種子的水，又像使其呼吸的陽光。我那麼奇怪，但得到的關注和偏愛並沒有比別人少。

或許我在他們眼裡，只是內向害羞，但乖巧上進的好學生。我慢慢成熟懂事，開始不會給他人添麻煩，我會自動自發地去上學，如果有人試圖認識我，我也會保持禮貌地微笑回應。我學會擁有朋友，學會處事圓滑，學會換位思考。

但還沒有學會敞開心胸，始終沒有辦法讓誰接近我的心。

我的心裡慢慢能接納陽光，但仍沒有驅逐黑暗。

我沒有意識到日積月累在心裡壓抑的情緒，養成一個焦慮緊張時會不自覺產生的習慣動作。

那就是傷害自己的指甲。

無論是用手還是牙齒，或是美工刀、剪刀，任何銳利的東西。

我的指甲破破爛爛的，不堪入目，總是把手藏在身後，害怕被別人看見，就像看見我的內心一樣。

國小的社團活動，大家可以挑選自己有興趣的才藝課程，大部分的同學選擇去了電影社，還有一些人在舞蹈社、棋藝社，我記得我選擇了紙雕社。

我一點也沒有興趣，只是因為我什麼都不會，我只知道怎麼使用美工刀而已。

課堂老師每個禮拜都會發下一張圖紙，上面有精巧的畫作，我們要有耐心地利用刀片刻畫線條，這一切對我而言沒有難度，也很乏味。

我的行為越來越偏差，我開始會偷偷地在課桌下，用刀片輕撫過肌膚表面。理智知道那樣很危險，病態的行為並不會得到認可，但我正在想像著我能如何傷害自己呢？

換個角度想，為什麼我要傷害自己呢？

我沒有明白，在那個涉世未深的年紀裡，我幽暗的眼眸裡，看出去的都不是太漂亮的藝術品。我不禁會想，會不會失敗的其

實是自己。

我不知道如何定義我自己的「不正常」。

我越來越難過，越來越想哭，越來越無助。然後我陷入了找不到自己的深谷。

忘了說，今年是很重要的一年，因為我最喜歡的奶奶因病離世了。

我沒有見到她最後一面，我想跟她道歉，我沒有向她說出感謝，我反而脾氣暴躁地向她說不要再管我了，我最討厭她了。我想跟她說那些都不是真心話。

喪禮上大家都哭了，唯獨我沒有哭，他們說我好冷血。可是他們不知道每一個夜晚我都把自己掩在棉被裡痛哭，包含救護車在凌晨一點抵達的聲音我也記得好清楚。

我只是不敢讓任何人知道我其實好脆弱，一碰就碎。

今年我寫了一封遺書，夾在我最喜歡的那本繪本裡。

我其實還有很多不熟悉的字，選擇用注音代替。我希望如果有一天，我不在這個世界上了，我的家人不要太難過，但我不知道他們會不會難過。

也或許他們不會難過吧，我希望他們不要再吵架了。我不喜歡回家了。

3
——我的十五歲。

為了變成我觀念裡的「正常人」，上了國中後，我開始想要打扮自己、改變個性。

因為過敏鼻炎，所以我從小就有著極其嚴重的黑眼圈，甚至被譏笑是吸毒犯。我上網搜尋了如何遮蓋瑕疵，國中三年級時我入手了第一顆遮瑕膏，時至今日，我都將這個化妝品視為最不可或缺的東西。

我也開始學習如何配戴隱形眼鏡，在夜自習的晚上，同學們在複習課堂筆記，但我偷偷摸摸地在課桌下，將又軟又薄的透明鏡片，努力吸附上角膜表面。

屢屢失敗，比書讀不好還令我灰心喪志。

最後是那天夜自習的愛心家長發現了我的心不在焉，休息時間她陪我去女生廁所，然後鉅細靡遺地告訴我隱形眼鏡該如何使用、如何配戴。

我沒有專注在課業上，少女心思與學習本分是南轅北轍。

成年後回想起來，總是會對當時感到幾分後悔惋惜。

那年我其實有一個交往的對象。

說不上初戀，第一次的怦然心動，是網戀，但對彼此而言都像是扮家家。

然而這次的對象是有了告白的儀式，確認的階段，並能真真實實存在現實生活中的對象。

我其實不理解什麼是愛，儘管有過一次談不上經驗的戀愛，但在足足大我六歲的成熟大人面前，我還是會自亂陣腳。

口口聲聲想要成為大人，也許是這樣的仰慕之情，讓我對當時的愛慕有過衝動。我一點也不懂他，我不知道該如何作為一個稱職的女朋友，我沒有戀愛經驗，我不知道能給予什麼。

但早已談過五、六次戀愛的他，戀愛簡直是輕而易舉。

我不想讓早戀的事情被發現，所以我沒有和家長說，那時候和家庭的關係並不親密，有許多心思都是我的秘密，我從未與任何人分享。

我的家裡管很嚴，通常放學是要準時回家的，但那陣子我總是飛快地跑出教室，僅僅為了把握多一點與他共處的時間。他會在校門口等我，然後我們一起走去附近的速食店，他請我飽足一餐，然後再和我分別。

那時候還能短暫約會的時光，已彌足珍貴。

我的初吻在十五歲，小巨蛋外的某個轉角，他問我說可以吻我嗎，然後捧著我的臉，溫軟的觸感在我的嘴唇輕輕地停留。我的心跳鏗鏘有力，他會發現嗎。

美好總是不會停留太久。
六個月後，他有了新的對象，在我們談戀愛的期間，經由第三者告訴我。我才知道，我的男朋友不再是我喜歡的那個人了。
破碎的，不能拼湊如初了。
我並沒有當作視而不見，儘管我年紀小，我也明白什麼是正確與錯誤。我向他再次確認了事情的真實性，我很感謝他並沒有隱瞞，他承認了自己的行徑，我開口向他提了分手，我不知道那是鼓足了多大的勇氣。
那天是在補習班，我在課桌底下，哭得好傷心。天知道我有多傷心。
我好想當下就跑去他的面前問他——為什麼這麼做？為什麼這樣？為什麼傷害我？我沒有勇氣，我只能在鍵盤上打出那幾個充滿心碎的字。

他不停道歉，請求我給予機會，他說他喜歡的還是我。可是該怎麼辦呢，那是我的初戀，我心軟地答應了，我並沒有狠心到

能看著泣不成聲的他，還可以馬上放下。

那天之後，我開始知道所有眼見的愛，都不一定能爲憑。

他與第三者後來又有了聯繫，我從他的朋友那邊得知，他說我年紀太小，身體還不可以碰，那樣會違法，所以他只好擁有其他對象。

這一次，我心裡的信任蕩然無存。我原本以爲能在愛裡找到的歸屬，也化爲烏有。

我不曉得那樣的戀愛對我有這般衝擊，早知如此，我還會選擇從他人眼裡的愛，找尋自己的價值嗎？

不，那裡沒有我的價值，他踐踏了我原本以爲的可愛，我才知道，我一點也不可愛。

回到原點了。

國中畢業那天，我用遮瑕膏小心翼翼地把自己眼下的烏青遮掩好，彷彿我從來沒有任何的裂痕，我充滿自信地踏出了我的第一步。

分別的宴席上，我鼓起勇氣，開口向男同學們祝賀一句「畢業快樂」。

他們說，三年以來，這是聽見我講的第一句話。

我微笑，我覺得我好像能講更多的話，也好像已經能向前。

無論那個方向銜接著什麼樣的未來。

我不想被辜負了，哪怕是錯付。

4
──我的十七歲。

我會不會真的很需要愛呢？我為什麼這麼缺乏愛呢？我為什麼
渴望愛呢？

我想解開謎底。

高一的時候，對於化妝我已經駕輕就熟了，隨著流行，我把制
服與校裙都改短，在教官的眼皮底下，通常只要交情好一點的，
都會被默許。

或許心裡知道那樣的行為並不正確，可是至今，我已經走了許
多不正確的路途了，因為並沒有傷害別人，所以心裡也沒有愧
疚與自責。

那時候我還不知道，我總是在傷害著自己。

剛入學的時候，新生總是會受到許多學長姐的關注，因為比別人早熟的外貌，所以在年級之間很快地被認識。

那是我從未體會過的，被其他人所注視的感覺，或是被異性注視的感覺。

我會拍好看的照片，我善於利用自己的優勢，於是我透過網路認識了校園裡不同科系的人物，從剛開始屈指可數的好友數，我的社交平台上慢慢累積了八百多位朋友，儘管大部分都素未謀面。那時的網路還有許多不交心、只膚淺幫對方按讚的生態。

我在心裡偏差地想著——原來人心是這樣的，無論你的靈魂如何，擁有一張及格的皮囊，你就能得到前所未有的愛。

他們根本不在乎骨子是什麼樣的晦暗，只要你能擁有光鮮亮麗的面具。

當然，我不是那麼熟悉與人相處，那樣的距離產生了神秘感。
神秘會促使一個人擁有截然不同的人格魅力，美化了原本的陰陽怪氣個性，也不再銳利，反而多了幾分溫柔。

高中時期，我有了第二個交往的對象。
一切如我所期望的「正常人」的戀愛。雖然是遠距離，但我們跟一般情侶相差無幾，一個月會見上一次面，每天寫日記給對

方，互相傳簡訊，約會會走出戶外，接吻時還是很緊張，還是怦然心動，但喜歡這一切平凡順理成章的發生。

我不知道怎麼樣算是健全的戀愛關係，我即將成年了，但比起想要共同變好，扶持成長的念頭，更多的是我希望從他身上得到最大限度我所欠缺的溫暖與愛。
是不是又再一次，我想從他身上，證明自己真的擁有價值呢？

或許我早知道那樣是不對的，沒有及時踩下煞車，我還是為愛義無反顧的那個小孩。我不懂事，但我好希望有個人能包容不懂事的自己。
我好希望有個人陪我墜落在深淵，理解我的黑暗，喜歡我的破碎。

哪怕這一切是錯的，哪怕這些不應該發生，沒有人教導我，如何才能長成完美無缺的樣子，又如何能夠無與倫比。

那是我第一次這麼喜歡一個人，在他的身上，我看見了我欠缺的那一部分。
他並不是完美的人，但他不害怕顯露那些不完整，他是個能坦蕩地說著：「就是這樣的存在啊，我就是我，我沒有要讓所有

人喜歡，我喜歡我自己就好了。」的人。

誰知道這樣的人在我眼裡有多耀眼呢？因為我沒有辦法企及，所以我總是在奔跑，無畏傷痕累累。

他明明是這樣的人，舉手投足都從容的人。
唯獨面對我的陰暗時，他開始不知所措。

我們開始有了激烈的爭吵，從每天三餐不離的問候，變成了等待已讀的瞬間。
或許這次是我做錯了，我並沒有好好經營一段戀愛關係，我在練習如何成為一個溫暖的人，但總是讓他看見我的陰霾。
對於三番兩次失控的情緒、對於自怨自艾的個性，我不斷道歉，就像過去經歷的那樣挽留住一段關係，儘管那樣的我們再也不能契合和理解。

他希望我去看心理醫生，那是第一次有人告訴我，原來我真的是一個需要「被治療」的人嗎。
我沒有勇氣，我只是在逃避，然而這次我卻依然不願意正視我自己。
我從來都不理解自己，我不知道我是否真的需要幫助，又會不會痊癒。

高三那年，我們分手了。

夜自習的每一天，我都獨自坐在教室外的梯間流淚，我沒有食慾，拒絕了所有朋友的關心。白天也沒有例外，我常常無精打采地趴在桌上，明明眼前有更應該專注的事情，但我的耳朵卻聽不進去任何公式與歷史，只是安靜的、不受控制的，讓眼淚不由自主地墜落。

我也正在墜落吧。

我有很多天都因病缺席，班導師注意到我的情況，她也時常讓我早退，甚至幫我聯繫了校內的輔導老師，希望我可以早日回到正軌上。

我一直都沒有好，只是利用愛在營造快樂的假象。我的心是虛無的，因為我不懂得如何去愛人、如何被愛。

我想起了小時候母親對我的責罵，她說，要是沒有生下我就好了。

我想起那些時常住院的日子，我一直都是孤零零的，只有書會跟我對話。

我想起那些看待我的眼神，是看見一個不理解、不喜歡的事物時會表露的眼神。

無論那年的夏天多炙熱，依舊沒有陽光能照進我的心裡。

因為我一直把自己藏在不見天日的房間裡，身子縮得小小的，面具就在唾手可得的地方，不想讓任何人接近或看見。他們說我是刺蝟，那又如何呢，我只是想保護好自己而已。

我曾經在學校的頂樓往下眺望，儘管有懼高症的恐懼，也平息不了心裡泛起的陣陣漣漪。在回家的路途，獨自站在馬路的中央，等著迎接我的那道光，換來刺耳的喇叭聲，然後我逃開了。

睡不著的夜晚，我在櫃子裡翻來覆去地尋找著，任何可以讓我輕鬆一覺不醒的藥物，任何都好，能麻醉我就好。

我上網尋找過一百零一種死亡的方式，卻沒有任何一種死亡能為我帶來救贖。

我開始不想隱藏自己的內心了，好疲倦。

下課的時候，我獨自走到導師辦公室，臉上掛著未乾的眼淚。

看見導師的臉，這次終於不在意任何眼光，在來往的人面前，瞬間嚎啕大哭了起來。

我好想說我真的好累啊。但我哭到什麼話也說不出來，喉嚨澀澀的。

她把我擁入懷裡，然後輕撫著我的背，小聲地說。

「辛苦妳了，妳一直都是一個人吧，已經做得很好了喔。」

我總是不在意那些誇獎我漂亮、乖巧、懂事的人。
我只是希望有一個人能告訴我，我已經好努力了，我辛苦了，
我可以休息，可以原諒自己了。

我輕輕揭開積滿了塵、無比厚重的簾子。
透過縫隙，第一道光照進來了。

5

——我的二十一歲。

五年之間，我經歷了第三次的分手。
雖然我將分手掛在嘴邊，但我一點也不想要分開，違心的話你
一次也沒有聽進去，你知道我只是怕拖累任何人，但聽進去時，
是你主動說要離開我。
跟上次分手的原因沒有不同，雖然沒有明說，但我知道任何人
都沒有辦法愛現在的我，因為我也無法打從心底地喜歡自己。

我沒有改掉傷害自己的壞毛病。

我的指甲仍然很醜陋，手腕上多了幾道疤痕，流血會讓我知道自己還有皮肉，痛覺會讓我確實認清自己正在「活著」。

苟延殘喘的樣子，讓我偶爾很同情自己。我是怎麼讓自己千瘡百孔的呢？我沒有想起來，我的記憶時常錯置，自我譴責、嚴重內耗、焦慮自卑、陰晴不定，無時無刻感受著如刀尖般的痛苦，麻木又沉淪。

感覺我每天都在生死之間徘徊，我心裡的怪物，它住在我心裡算一算也十多年了，我的悲傷餵養它慢慢長大，它現在是一隻巨大的怪物，我時常想著要馴服它，但無奈實在沒有籌碼。

我時常做惡夢，夜半驚醒的恐懼讓我討厭夜晚，早上我會淚流滿面地醒來，雖不明白哭泣的原因，但困惑人體百分之七十的水分怎麼會如此用之不竭。

腦海裡偶爾還是會一閃而過那些極端且不正確的行為，為了不傷及別人，我總是悄無聲息地承受著難耐的折磨，那些思緒是怎麼分崩離析，那些情緒又是怎麼四分五裂。

我還是會想找個人訴說，好好發洩，哭得撕心裂肺，但不想要你在我的悲傷之中感覺窒息，也不想憑藉著你的溫柔恣意妄為。

我沒有辦法告訴我的愛人，我需要浮木，我希望有人能帶我上岸。

我害怕你對我好，又害怕你對我不好。我的矛盾就像是在平衡間拉扯。

我不是故意的，我不想你討厭我，我不想要可憐兮兮地問你能不能愛這樣的我。

我不是想要抗拒那些你對我的好，而是我害怕，我害怕自己不值得擁有。

沒有人應該承擔我的脆弱，做我的堡壘。

我只是自己的城，我有自己的日出月落，不是在誰的時區裡迷途。

今年，我擁有了保管自己健保卡的權利。家庭關係也不那麼緊張了，我應該勇敢地跨出那一步了，認識自己、揭開自己受過的傷疤，雖然很疼痛，但說出來就會慢慢好的。

第一次是在家裡附近的大醫院，醫生對我的狀況不以為然，畢竟他們說憂鬱症是文明病。我很緊張，脈搏全都不在正常範圍指數內，我不敢看他的眼睛，只看著他的口吻說著絲毫沒有同理心的話，並要我付三千元回來做人格與心理的測驗，十分鐘後他說我可以去領藥了。他開了名叫 Valdoxan 的藥物給我，那

是我第一次使用鬱症的藥，我的情緒穩定了許多，但生活還是一團糟，心臟很不舒服，於是我擅自停藥。

第二次我換了一間心理診所，我不理解醫生的優劣，但這個醫生願意耗費整整半小時的時間，引導我說出我心裡的不快。他覺得我的情況有些嚴重，那陣子我無法睡覺、不能進食、不能社交，自律神經失調，且有著強烈輕生念頭，必須定期回診治療。他依然開了藥給我，這次種類比上次還要多，還有一些治療焦慮及安眠的藥。這次我按時吃藥了，是基於對醫生的信任。

好長一段時間，我的生理狀況還是很差，從心悸、耳鳴、惡夢、噁心反胃、沒有食慾、嗜睡，一直到後來開始嚴重的掉髮、暈眩、指甲變紫、拉肚子、全身無力，甚至在一個禮拜少了四公斤的體重，所有最糟的體驗我都感受過了，彷彿我是用著一副快壞掉的肉體來維持生命。

我的智力、耐心、記憶力、專注力，也是完全大幅下降，沒有辦法耐心地閱讀一本書、沒有辦法專心完成工作，力不從心的感覺讓我感覺十分無助，我強迫自己必須完成責任，必須堅強、必須努力，不要倒下去。

那是我感覺自己第一次有強烈的求生意志，我希望我能看見自

己痊癒的樣子。

我不知道我這麼努力好起來的樣子，有沒有人能看見。

6
——我的二十四歲。

從正式治療至今已經過了三年了。
那個住在心裡十幾年的怪獸，已經能和我和平共處了。

大家都說我看起來變得開朗多了，或許他們不知道，在過程中
我犧牲了許多無法想像的東西，也付出了一些代價。
不知道我是不是長成了自己喜歡的樣子了呢？
但其實這個答案對我而言，已經不重要了。有時候我不禁會想，
或許這才是答案吧。

我已經沒有服藥了，其實很討厭吃藥，吃藥也讓我的情緒變得
平穩而乏味，小時候被稱為藥罐子的我並不想那樣過完這一生。
再也不懼怕把那些傷心攤在陽光底下了，畢竟我是我啊，就是
這樣的存在啊，我就是我。

不猜測那些無謂的真心與否，不討厭那些眼光。

眼淚也早已乾枯了，長大後的淚水通常不是因為傷心，而是因為喜悅或感動——因為明白那些疼痛多刻骨銘心，才知道那些溫暖多得來不易。

有的時候還是會不經意地想寫下傷心的文字，但僅此是紀念有過那樣的傷心，傷心還是發生在世界上的每個角落，但我想用愛去擁抱所有破碎的靈魂。

我的房間這次終於能讓人參觀了，心情好的話說不定還能讓人入住。

我在窗台種下一個小小的花苗，不知道它什麼時候會綻放，但我正在學習當一個合格的照料者，我知道它需要水跟陽光，所以天氣好的時候，我會把窗簾打開。

我還是不太喜歡雨天，偶爾會有一些無傷大雅的傷心，或是過於念舊的回憶，但謝謝雨天讓我知道房裡還有需要修補的漏洞。

我成為小時候口中嚷嚷著要成為的那個大人了嗎？

我花了好幾年才修完的一堂課，還是再緩緩吧——讓我慢慢長大，慢慢享受人間，慢慢去彌補那些我錯過的花季，和製造更多值得懷念的遺憾。

發現最喜歡的那本繪本已經停產了，那封幾年前泛黃的遺書找不到了，或許在某次的掃除中被清理掉了，不過也代表故事可以翻開新的篇章了。

我依然任性，選擇了自己熱愛的工作，寫故事給下一個人聽，期待文字裡能有光亮。不用拾起悲傷，不用急著長大，能成為小孩也是無比幸福的事情。

就算平凡偶有破碎，也僅是生命的部分而已。

習慣在每一次文末的祝福獻上平安，明白沒有什麼比平安可貴。

我沒有什麼特別，不是特別努力，也不是特別幸運。

但我的心裡始終住著一個擁有愛的小孩，現在多了一面鏡子，讓她能喜歡自己。

上一本書已經提到，但我至今還是很喜歡海子的作品〈夏天的太陽〉，詩裡面的一段：

你來人間一趟／你要看看太陽／和你的心上人／一起走在街上了解她／也要了解太陽

我陪自己走過長夜與深谷，到有光的那一方。

這次，我想成為自己的太陽，在人間，把自己，把心上人照亮。

「我想離開這裡，但不得其解爲什麼是我。」

很久沒有人和我說話
挾持我的眼睛
以爲很簡單
這不簡單的孤單
沒有作假
不是空話
這裡什麼也沒有
我很確定
在更早以前
就沒有人愛我

不簡單的孤單

沒有身體就不用衣服
沒有酒精就不用床鋪
一晃眼的日子
無人過問也無人打擾
在謊言的牢籠
沒有辦法逃脫

我想和你交換人生
看寂寞無常
快樂害怕被懲罰
心虛的過場

接住我的雨季

臺北是個很常下雨的城市。

我不太喜歡雨天，只要碰見下雨的天氣，一般我都是不出門的。但偶爾也是會有毫無徵兆的午後陣雨，頃刻之間變色的天空，烏雲密布的陰霾，彷彿會讓整座城市陷入無邊無際的灰暗與陰鬱。我沒有帶傘出門的習慣，所以遇到這樣的日子，我都會暗自在心裡嘆口氣，然後認命地拿出手機搜尋最近的便利商店，也因此家裡雨傘往往只增不減。

有些人總是能輕易地接住滂沱大雨，而我總是措手不及。

一成不變地選擇了透明的傘，走出室外還是煙雨迷濛的景象，空氣濕潤潤的，爬上了肌膚的黏膩觸感，使我不舒服地皺起眉

「城市下著
連夜不停的雨，
直到那把傘
撐起我的天空。」

頭，為自己打著傘，迎接這場五月的雨季。

我看著來往的人潮，有人選擇了在雨中奔跑，有人打著形形色色花樣的傘，有人停在路邊穿雨衣，有人踩著水坑濺起無數水花，有人悄然無聲地掩蓋著自己的心聲。

我常常沒注意世界的變化，但像這樣聲勢浩大的登場，很難讓人視若無睹。烏雲爬滿了原本湛藍的天空，不斷劇烈翻湧著，雷聲焦躁不安地鼓噪著，清晰可見的雨滴在空中飄揚後墜落，一場驟雨密密麻麻地織起世界的晦暗，迷離又陰沉。

而我就置身其中。

我沒有轉身逃離，十分多鐘的路程，卻突然漫長，步履沉重，彷彿踏在傷心上沒有盡頭地前行著。

那是我不喜歡雨天的原因。

儘管我有了一把傘，一把屬於自己的傘，一把能陪著我到目的

地的傘，我始終還是傷心，我始終在意著人們的臉上悵然若失的神情，始終想知道此刻我的表情是不是一樣。

是什麼時候開始討厭雨天的呢？
記憶裡好像所有的悲劇都發生在雨天。
考試差了的那一天，甜點店沒開的那一天，花謝的那一天，跌倒受傷的那一天，奶奶生病的那一天，和他分手的那一天。

我該從哪裡說起呢，或許這場雨下完的那刻，我仍舊沒有辦法說完這些故事。等到天涯放晴了，世界無雲，我還是和我的傘坐在一起，等我的傷心瓦解，讓這些故事有理由說下去。

我想我的運氣不好，我沒有等到彩虹，天空還是沉醉在烏雲的

懷抱，沒有清醒。

我依然沒有帶傘出門的習慣，卻習慣遇見雨天。

我站在屋簷下，安靜地等待著，馬路對面打著深灰色傘的男人，邁步朝我走來。

這次目光所及的地方，並不是那灰濛陰沉的景致，不是大風颳起了飛揚的枯葉，不是雨珠串連成線，也不是轉瞬即逝的過客，定格的畫面，是他帶來的無邊風月，讓整個世界碧空如洗。

謝謝你成為我的傘，走進我的雨裡。

他讓雨天有了新的理由繼續，歌頌心傷，然而不孤寂。

好好說再見

曾幾何時，儘管並肩而行，我們也沒有那些能談笑風生的對白。
錯過了第一班的公車、午休時下雨了但沒有帶傘、想買的睫毛
膏缺貨了、今天日落來得特別快、在超商遇到了微波食品的打
折、下班後犒賞了自己一杯喜歡的珍珠奶茶、公園裡那株櫻花
的花季要到來了。

這些平凡無奇的對白，也曾是幸福不可或缺的部分。

空氣裡的沉默，互相揣測著彼此心思，在腦海裡上演適當的獨
白，也成為無法避免的一部分。

我知道我們會走到這步嗎？

細數腳步，調整一致的速度，卻顯得格外刻意與矯情。以前是
身體會主動記憶著你的習慣，然而現在走亂的每一腳步，都像
是分道揚鑣的預兆。

如果說那些話彼此都心照不宣，那此刻的沉默，就只是為了等待誰先成為往後陳述這段故事的主角而已。

我們之間還是絕口不提，不提我們的未來，也不提傷心，不提生活的隻字片語，不提分別的話怎麼說。我沒有經過練習，無法演算當下那一刻，擁有大方得體的笑容該怎麼表現。

我其實還是好想和你說說話的。

但我不知道該怎麼說。

我要從哪裡說起？之前主動開始話題的都是我還是你？什麼樣的內容搭配什麼樣的表情才不顯得生澀？怎麼樣才能讓句點落在彼此的思緒中延續？該如何聽見你的聲音才不會感到害怕及陌生？

我們對這條路熟悉不已。為了彼此，刻意繞道避開直徑的最短距離，經過關東煮店與串烤店，買一碗熱湯與沁涼的啤酒共享，經過轉角的公園，觀察植物的凋零綻放與難分難捨的人們，就這樣一路走到黃昏落盡，也不覺得是浪費時間。

所謂的浪費時間，應該是指我們之間缺少對白，消耗著彼此的心思，對即將要發生的不聞不問，對所有的結果漠不關心。

我們踩在玻璃碎片上舞蹈，你的眼睛像是示意我音樂已經來到尾聲，溫柔的堅定裡沒有一絲捨不得，我們都相信已經竭盡全力。儘管即將迎接謝幕，即將曲終人散，無須收拾誰的傷心，也無須在意無人問津。

「辛苦了。」我說。各種意義上。

「不辛苦，這樣的結果也不壞。」你說。各種意義上。

那些乏味無趣的對白，任誰解讀起來，都相信別有深意。
自從我們相遇的那天，到分別的這天，所有的對白，都有著各
自的意義。無論它簡單平凡，無論它傷心喜悅，可能它難以啟
齒，或許它刻骨銘心。

我渴望能見你一面，但請你記得，我不會開口要求要見你，這不
是因為驕傲，你知道我在你面前毫無驕傲可言，而是因為，唯有
你也想見我的時候，我們見面才有意義。

——西蒙・波娃 (Simone de Beauvoir)

我想起這段經典名言，理解那些告別或許並無意義。

如果我說的話沒有你的回應，那僅是我的內心獨白而已，沒有任何意義。

當我們的獨白成了對白，當我們能在同一層次上理解彼此的深意，當我們擁有同等的期待與祝福，唯有那時，我們的告別才有意義。

　　「我想和你最後再見一面。」離別的那天，我說。
「嗯，我想也是，那天我們再好好說再見。」離別的那天，你說。

迷戀於謊言與虛假
小紅帽相信狼的欺騙
白雪公主咬下那口毒蘋果
灰姑娘弄丟了午夜的水晶鞋
悲劇會發生
然而救贖總能迎頭趕上
幻想一生有過無謂的荒唐
卻是鋪陳未來的伏筆

小美人魚沒用匕首刺向王子
忍受刀尖起舞的痛苦
甘願化為泡沫

睡美人陷入詛咒而沉睡
王子兌現了祝福的吻
讓奇蹟發生

神沒有降下預言
但人們找到了為此而生的理由

很久的童話

「你更願意相信，

童話是史實還是傳說？」

很久很久以前
人們口耳相傳
童話故事的結局
那些虛而不實的美好與爛漫
在民間著名
深陷每一道有酒窩的裂縫
住進沒有盈缺的眼睛

亙古不變的信仰
彷彿很久很久以前
不餵養糧食
卻能飽食終日

信的碎片

「所有破碎的碎片
拼湊起來，
是完整存在的記憶。」

1
──第一封信。

親愛的 Oliver：

上一次收到你的信，已經是十五年前的事情了。

那時候的智慧型手機還不普及，通訊技術還在 3G 的年代，我在翻蓋式手機上時常找不到ㄅㄆㄇ的符號，卻能寫出一手好字。

我們常常以書信交流，你說我是你最好的筆友，你喜歡我剛毅有力的字跡，就像情感能衝破紙張，直達你那端一樣。我們從未見過面，但卻有著如出一轍的興趣與喜好，這年頭上哪找美感相似的人呢？你懂得欣賞我墨綠色的信封，上面印著歪斜的

日期，偶爾還會有些深黑色墨水划過的痕跡，你喜歡那些瑕疵更接近現實，也更接近人的本身。

我認為我們都是老派思想的人，卽便現在是連三歲小孩都能擁有一台平板電腦，動動手指就能交流的時代，還是偏愛信件慢，翻山越嶺到千里外的城市，醞釀的期待能在一瞬間被填滿，那種浪漫。
陽光灑滿窗台的午後，我就安靜坐在老舊的書桌上，感受太陽溫熱的味道，打開抽屜裡的 MP3 播放器，其實它的壽命也該走到了終點，但我仍舊寶貝。

我們失聯了那麼多年，都沒機會提起，後來我在家庭的安排下步入了婚姻，你會不會很訝異？那個堅持不婚主義的女孩，現在已經成為了別人的妻子。

丈夫和我是截然不同的兩個人，他喜愛流行，有一台昂貴的藍芽音響，也從來不寫信，他在鍵盤敲打的速度是我用眼睛也跟不上的。我們彷彿生活在兩個世界，但我很感謝他尊重我的生活方式，他給了我十足的底氣能享受自由。
我們不干涉彼此的世界，沒有孩子與金錢的煩憂，我們不是為

了彼此存在，也不討論這段關係存在的意義。我們不是爲了需要，也沒有必要。

就像我也從來不理解時代改變的意義。

我認眞活過的那個歲月已經過去了，時間彷彿把我遺忘在那個過去，我沒有辦法融入新的世代。我常常寫信，常常想坐搖搖晃晃的長途火車去很遠的地方旅行，常常想在長滿金黃色麥田的靜謐小鎮生活，也常常想起你。

Oliver，這麼多年來，你過得好嗎？

或許始終在原地的只有我。

你搬家了嗎，結婚了嗎，有孩子了嗎，夢想開的古董店成眞了嗎？

你還寫信嗎？

你偶爾會想起我嗎？

事到如今，好想聽聽你的聲音，會不會和我當年的想像一樣，低沉而溫潤。

我不太習慣用手機，但接通電話倒是沒有難度。

這是我的號碼 0909-558-212。

等你有空的話，打給我吧。

我想你不用告訴我你是誰，我有自信能認出你的。

就像千百封書信裡，我始終一眼就能看見你存在的痕跡。

Alice 2020.03.21

2
——第二封信。

親愛的 Oliver：

我問了蘇，她說我的未接來電裡沒有紀錄。

我問她我的手機是不是壞了？我向來是個科技白痴，或許我有哪裡弄錯了也說不定。蘇說，她是第一次看我對手機這麼感興趣。

我讓她別笑話我了。天知道，或許我真的是最大的笑話。

我居然試圖讓十五年前的朋友，打通電話給我。

儘管是抱著微乎其微的機率，也希望能被你看見。

Oliver 你還記得嗎，當年我在信裡提起的 Liam，就是我的鄰居 Liam，他已經有兩個孩子了啊，聽說最近正計畫著要一家四口

去國外定居。

我向來不是會欽羨別人生活的那種人，但當看見他臉上幸福滿溢的笑容時，我突然有了真實感，他那麼好地適應了現在的世界，有了心愛的人，並且過著當年我幻想過的那種生活，如今看來遙不可及的那種生活。

Liam 真的很幼稚，小時候常常抓著我害怕的鍬形蟲來嚇唬我，動不動就幫我取難聽的綽號，明明自己骨瘦如柴，黝黑又矮小，所以我壞心眼地想著，未來他一定是我們小區裡最難找到伴的那個單身狗。

也是那個時候開始，我在心裡默默定下了擇偶標準，我夢想中的另一半，大概要是善良、體貼，風度翩翩，講話緩慢又溫柔，不畏懼昆蟲，戴著黑框眼鏡，比我年長一些，成熟穩重的男子。如果他也恰好喜歡鄧麗君的歌，並且能寫一手漂亮的字，博學多聞，那樣更好。

你一定會開始好奇我現在的丈夫是不是我的理想型吧？

他已經是個成功的社會人士了，生活很自律，長相很乾淨，以現在的社會標準來說，是個無可挑剔的男人，這都要感謝我那老母親看人的眼光好。

儘管他這麼好了，我明白他有許多優點，但我仍然無法欣賞這些優點。

你知道嗎，丈夫說我是個「沒有現實重量的女人」。

是因為這樣他才選擇我的嗎？因為我有著他缺少的那片拼圖，才顯得獨一無二。

世人稱讚完美的人，必定回應著社會的期望。

而我一無所有，有的只是自己的孤傲與偏執，不向世界妥協的堅定。他或許並不是喜歡我，而是喜歡我身上那份他一輩子無可奈何的部分。

我以為我沒有任何人也能活得很好。

如今我開始感覺寂寞。

原諒我十五年來沒有寫信給你。

我的字肯定沒有過往那樣漂亮了吧？躺在病床上的那八年來，我花了許多時間練習活動四肢，也花了許多時間尋找丟失的記憶，然後練習適應整個面目全非的世界。

Oliver，今年我開始讀起過往的信，我感覺心裡慢慢破碎，但

並沒有地方能接住這些碎片。

我以爲我沒有任何人也能活得很好。眞的。

蘇說，雖然未接來電裡沒有紀錄。

但她在簡訊夾裡看見一個陌生的號碼，她問我要不要點開。

我說不用了。

如果是你就好了。

Alice 2020.06.21

3

——第三封信。

親愛的 Oliver：

我的母親發現了這些信，然後對我發了一頓脾氣。

本來想寫給你的草稿，都被撕爛了，我原本想說的話也必須重來了。

眞是對不起啊，Oliver。

她要我別再寫信給你了。

但為什麼呢？如果不寫信，我就沒有辦法感覺自己活著了。

在我的記憶裡，母親很少哭得那麼傷心。她撕心裂肺地怒吼著，那副模樣，是我未曾感受過的。我沉默地看著母親，而母親抱著我，像哄著年幼的孩子，說若是我夢想著能在國外生活，她會安排讓我離開這個地方。

我以為我會不假思索地答應，那不正是我所期望嗎？但我沒有辦法跨出步伐，就像在病床上躺了好久好久時一樣，整個身體都變得僵硬無比，我努力想從乾澀的喉裡吐出字句，但我居然不知道該說些什麼。

我今天心情真的好差。

或許這封信也寄不出去了吧。

Oliver，是你的話，你會怎麼做呢？

要不然，你帶我逃跑，我們去很遠的地方生活，好不好？

Alice 2020.07

4
——第四封信。

親愛的 Oliver：

我當然知道你不會帶著我逃跑。
畢竟你已經先拋下我，去很遠很遠的地方了。

我什麼都記得，唯獨這件事情總是不記得。
醫生說，這情況是屬於創傷後壓力症候群的一種。
他說我大可以當作我做了一場很長很長的夢，夢裡面的我可以隨心所欲，無論我想去哪裡生活、想與誰一起生活，我可以自己決定想要把信寄給誰。

我的母親站在身邊，眼神裡盡是憐憫。她問了醫生很多問題，但都是無關緊要的，我一點也不在乎。
我的丈夫握著我的手，像是示意著我不要害怕，他一邊附和著醫生的話語，一邊說，我確實做了整整八年的夢，但只要再過完一個八年，一切就會回歸原點了。

明年就是再一個八年了，他們都騙我。

Oliver，這個世界上，我最相信的就是你了，但連你也騙我。

我知道事實的真相。

但沒有人願意揭開，沒有人願意跳入深淵，也沒有人願意回去
十五年前。

那裡什麼也沒有了。

我不懂愛，也不懂信的另一端，你過著什麼樣的生活。

我不恨你，是命運的安排，為了相見，也為了帶走相關的記憶。

所以你不要感到抱歉。

我會等，等你回來的那天。

就算沒有那一天。

Alice 2020.

5
——第五封信。

簡訊收件夾。

你好，請問你是 Oliver 的朋友嗎？我的父親在十五年前因為一場車禍去世了。
他說他要去見一個很重要的朋友，不知道最後有沒有見到。
很感謝這麼多年來，還有朋友記得他，我替他道謝。
他生前也很喜歡寫信，知道有朋友還會寫信給他，他會很開心的吧。雖然他讀不到這封信了，但請容許我替他回信給你，雖然，當你收到這封簡訊時，一定也知道不是 Oliver。

有空時，你也可以寄簡訊給我，我可以很快速地回應你。
祝好。

這裡每一封信都是碎片，碎片有千百種排列組合，有時候是眞相，有時候是思念，有時候也是告別。

浪

我們第一次見面是下雨的天氣，最後一次也是。

很少見過晴天，所以戲稱彼此是雨神，如果有一天午後天氣晴朗、萬里無雲，我們說不定就去登記結婚，在最好的時分。

命運早已有軌跡，所有雲層都不看好我們的愛情，唯獨我，那麼拚命而愚蠢地在努力。

你陪我撐傘，去看我愛的海，從我們一把傘，一直到我和你一人一把。我們始終沒適應壞天氣，沒有辦法一起淋雨。

我們沒有一起下過海灘，踩過海水冰冷的觸感，但我們一起在遠方看過海浪，想像城市無數次被海水吞沒，又無數次甦醒。

想像會不會有一天台北異常的雨不會停，或許我是例外的天氣之子，沒有局部放晴的能力，所以你才會在每一天愛我的日子裡，都濕著眼睛。

「日子在海裡浮沉，
我游到很遠的地方，
才終於看見放晴。」

對不起，我們沒有相愛的運氣，我不怪你，我怪的是我愛著你
不愛的海。

你不是浪，但你曾經把我帶到很遠的地方，所以我花了很久的
時間才終於上岸。

「後來發現，我們之間缺少的，不是一顆糖的問題。」

我想問你
那些傷心
是否真的沒有意義
我們之間是否真的
不值一提

不值一提

手中有地圖
但走失
從來與方向感無關

失眠時思念
但寂寞
沒有被任何人察覺

再冷的咖啡
都會讓糖沉澱
不是你的問題
是糖太聰明

潘朵拉的秘密

昨天是星期日，你把備用鑰匙帶走了。

你帶走的意義就像是告訴我，是你選擇開門的時機，不是我。

我一絲不掛地走進浴室，把身上你殘留的氣味通通洗盡，像你沒來過那樣，像你沒有愛過那樣。

你在走廊留了一盞燈，我們昨天是一路從玄關吻到房間，短小的通道足夠兩個人纏綿著經過，我想你不記得牆上的畫是什麼，畢竟沒有開燈。但開燈你就能看見嗎？如果我問你，只是更加證明你的離開必須經過而已。

經過我，經過我的破碎和不堪。那幅畫我也不知道姓名，我只是覺得和我一樣醜陋而已，我沒有記得是誰畫的，就像你不會記得千百個和你上床的女人，胸下有痣的女人是什麼姓名。

> 「潘朵拉打開盒子
> 看見的也只是
> 世界的一部分。
> 但你打開我，
> 看見的會是全部的我，
> 這樣你還願意嗎？」

老實說，我很喜歡你的老實。你總是喜歡在離開後，把禮物袋放在最顯眼的位子，生怕別人懷疑你的用心，但你買給任何人都是同樣的口紅色號，這樣才不會讓你誤會你吻過的紅色是什麼顏色，你愛的紅色就像是你的女人身上特殊的印記。我其實一點都不想探究你上不上心，我知道背後的事實，但我不會戳破，我只想在看見你願意維持的表面工夫，然後相信你給的愛是千真萬確。

但親愛的，你的老實，在我的不老實面前，能有什麼用呢？

我知道你愛過很多女人，她們從來都沒有真正得到你過。

你總是會愛一個又一個的女人，並不是她們給你的愛不夠多，也不是因為廉價，她們的真心是我從來不能較量，她們都是認真的，也都是願意犧牲的。

我沒有成為那樣的女人，並不是我不愛你，而是我們都是一類人。我同意你吻我，同意你在夜晚擁有我的全部，但我不同意你愛上我的全部。你不能在我的眼睛，也不能在我的心。

我愛你，但我的愛是壞掉的，我不會假裝擁有你同款的老實。我會讓你看見我全部的缺陷，讓你知道，我就是不能再完整了，你向我索求的，我都給不了你，我不會為你認真，更不會為你犧牲。

你和我說，雖然我很有魅力，但你會盡量不要動情。你願意愛我就儘管接受，不要去問和去猜，那是不是愛。

愛到底是什麼，是我們之間的來回拉扯，是我們兩個疏離又親密，是我們想愛但猶豫，是我們想付出但一無所有。

我也不敢如你愛過的所有女人一樣。「你愛不愛我」這樣的問

題，就像潘朵拉盒子一樣引人開啟，然後錯把世間所有的不幸都釋放，宙斯在盒子裡留下的究竟是什麼，誰也沒有正確解答，我們都沒有看見盒子裡是地獄還是天堂，只看過壞的一面，所以及時止損了一切。我只好當作我看見的都是愛，同時都是我的腐敗。

潘朵拉打開盒子的決定是錯的嗎，我不知道。
但我想如果我繼續愛你，我就能看見解答。

我希望他們愛我，但我知道，他們不能愛我。

悲傷的怪獸

1

如果十月安慰我，就允許五月燙傷我。

　　　　　　　　——余秀華《月光落在左手上》

2

悲傷是我很喜歡的一個詞彙。

因為那是占據我人生大半部分，最能感同身受的一種情緒。

強烈的、震撼的、孤單的、疼痛的、迷茫的、失落的、淒涼的、懼怕的、絕望的、墮落的。

它就像是所有負面的終點，無論如何分歧的傷心都會蔓延至此。

悲傷可以輕易吞噬一個人。

見過美好的人，才會害怕墮入深淵。
太陽沒有辦法將人燙傷，快樂與悲傷之間的落差感才能把人燙傷。

用白晝與永夜做比喻的話，更像是後者。
人生的大半幾乎都是與悲傷共存，有時候是無病呻吟，有時候
是冷暖自知。
我在自己的無人之境，悲傷是我和我自己的事情。
我把自己與世隔絕，只為了能和它談天說地，直到燃料用盡。

我曾經和它親密，也曾經和它疏離。
我曾經被它吞噬，也曾經得到氧氣。

3

悲傷是忘記游泳的方式，悲傷是失去氧氣，悲傷是墜入深不見底的海底。

悲傷是縫補破掉的日子，悲傷是日曆缺角，悲傷是冷氣結霜，悲傷是風扇自轉，悲傷是啤酒微醺，悲傷是夾著便簽卻無法翻頁的一面。

悲傷是黏手的口香糖，悲傷是失眠的溫床，悲傷是噩夢的枕頭。

悲傷是融化的冰淇淋、褪色的襪子、浸水的錶、失航的船。

悲傷是快樂被掠奪，悲傷是把生活倒過來寫，悲傷是在命運前掙扎，悲傷是眼睛失去光芒。

悲傷是沒有愛。

悲傷是碎了一遍又一遍的眼淚。

悲傷是在宇宙運行，在世界擴散，在萬物迷離。悲傷是發生在每個人身邊。

是驚濤駭浪、是滂沱大雨、是天寒地凍。
是泣不成聲、是痛入骨髓、是萬箭穿心。
是失去對明天的期待，失去愛一個人的溫柔，失去自己。

悲傷是一個人眼睛無論看見什麼，都是無盡的悲傷。

4

有一天悲傷的怪獸來到你面前。
牠揉搓空著許久的肚子，看起來可憐兮兮地討好著你：「你能

分我一點糧食嗎？作為答謝，我願意為你做任何事情。」

你不以為意地對悲傷的怪獸說：「快樂我還有很多，你餓就吃吧，沒關係。」然而你其實沒有那麼多的快樂，它卻無止境地索求。

怪獸沒有為你做任何事，卻把你一點不剩地吃光了。但牠現在能做任何事。
牠的肚子裡很幽暗，像一口深不見底的古井，未消化的食物又髒又臭，眼睛逐漸適應黑暗的同時，你也無法掙脫身體。

你想重新和怪獸做一個交易，你問牠：「我知道哪裡還有快樂，我能去幫你找，可是你能不能先把我從肚子裡吐出來？這裡好難受。」

怪獸覺得牠可以慢慢地將你吃乾抹淨，正貪求著更多快樂，快樂真是美味的東西。於是答應了你的條件，讓你離開肚子裡。

第二天，快樂的精靈如願地來到你面前，對你說：「你能幫我修理我的翅膀嗎？作為答謝，我願意為你做任何事情。」
你害怕再次被吃掉，不敢輕易靠近。想起悲傷的怪獸恩將仇報的模樣，心頭只有一團無法排解的悶煩，便把快樂驅趕了。
不會上當第二次了，你無比得意地自作聰明著。
快樂悵然離去，走得遠遠的，直到剩下你自己。

然而，悲傷的怪獸正在等候時機。
牠再次來到你面前，看著你現在骨瘦如柴的樣子，便提出了建議：「我剛剛吃飽了，我不需要你了，但還是來看看你。」

看著怪獸自詡的模樣，你卸下了戒心。真是太餓了，後來上哪找都沒找上快樂，你羨慕起怪獸的肚子。

「你在哪裡吃飽的？能不能帶我去？」

「都被我吃完了，但我肚子裡可能還殘有一些，你要不要來看看？你可以隨時離開，我只想報答你之前對我的恩情。」怪獸說。

「那好吧。」

你左思右想，沒得到報酬也是損失，便不疑有他地一躍而下怪獸的肚子裡。

但那裡什麼也沒有，才發覺自己再次被怪獸騙了。

可是為時已晚，怪獸不肯放你出去，上門的肉沒有不要的道理，牠把你一點一滴地吃完。

你已經是一無所有的人了。

5

巫師把怪獸趕走了。
他對怪獸下了詛咒。

「如果你傷害了我重要的人，你只能永遠飢渴難耐地生存下去，我希望你能把原本屬於他的東西歸還，然後離開他。我會一直保護他，直到有一天，你消失為止。」

怪獸把你的眼睛、鼻子、耳朵、嘴巴歸還。你終於能重新感受世界。

這次你好好看淸了眼前的怪獸，覺得牠或許只是很孤單。但這次你不再心軟了，孤單要自己承擔，誰都責無旁貸。

6

我在悲傷裡以日爲年。
我曾經想過，要不要就這樣，和悲傷消磨下去。
一直到你成爲救贖降臨，我才知道這不是千方百計的騙局，是你讓我在深淵裡呼吸，是你帶我找回快樂的意義。

你沒有向我索求更多，或許我什麼也沒有，沒有可以答謝你的，沒有可以爲你做的。但你不計較給予更多，好像整個宇宙所有的快樂，你都願意用來救贖一個不足爲道的我。

愛會帶來苦痛對嗎，但此刻，我相信愛也能帶來傷心的反面。
悲傷將我燙傷，而愛安慰我。

你讓我在深淵裡看見渺小卻堅定的一束光。
因為十月來到面前，所以感覺悲傷的時候，不再滾燙。

「我們愛上的是同一種黑嗎。」

我沒有愛過
任何可見光的顏色
就像寂寥的宇宙
處心積慮放入什麼
都嫌多餘

我不喜歡邊際
夜逐漸黑的樣子很美
不去追溯古老的起源
看鑲嵌的月亮
也需要有人襯托
搖曳的星光
圖個短暫的燃燒
在黑裡肆無忌憚地活

同一種黑色

那是不是同一種黑色

你深情的瞳孔

和我用來書寫你的墨

你說著迷的

在空中飄逸的長髮

都是同一種顏色

在巴黎買的黑色皮夾

百看不厭的黑色領帶

和你最常喝的百事可樂

你的世界只有一種顏色

鍾愛著一種選擇

愛你好像只是

看過一幅你送的畫

想在調色盤裡

融為一體

身體會
用力地
替你記得

1

她談了一場遠距離的戀愛，和一個她喜歡的女孩。

在那個懵懂無知的年紀，正在磕磕絆絆地學習長大，她愛的人
會是她的榜樣，是滿眼絢爛的光，說不上哪裡特別，但知道就
是不一樣。

雖然是一樣的性別，但從未摸索過關於兩個女孩相愛應該有什
麼樣的分別，在自己眼裡對方就是和別人口中所說的「男朋友」
相差無幾。

她愛的畢竟是這個人的靈魂，而非她的性別啊。

她愛的人有一頭俐落的短髮，身高比自己矮近十公分，從來不

穿裙子，衣服的款式也是最樸素的，有一雙笑瞇著像彎月的眼睛，手掌不大，剛好能牽住自己而已。

交往時，並沒有談論這場戀愛能維持多久，在未知面前，她希望期限是永遠。

在不顧家庭的反對下，她小心翼翼地維護著自己的戀情，把手上的定情戒指隱藏得很好，卽便是在大庭廣眾有親暱一點的動作，也就像是無話不談的姐妹而已。那個時期同性戀情都很低調，奇怪得像是一種文明的規矩。

所以連她身邊最好的人都不知道，是她最大的秘密，她不樂於分享的秘密。所有人都知道她最近幸福洋溢的狀態，但不知道她的心裡，藏著一個深愛的人。

是深愛嗎？她也不是很確定，那是她第一次喜歡上女孩子。但那種感覺卻一點也不違和，無論是對方吻她的手、擁抱她，都會讓她心跳加速，臉頰不自覺地泛紅。

嗯，她很確定自己喜歡上對方，她們已經是一對情侶了。

透過手機簡訊，稀鬆平常地聊著自己居住的城市有無風雨、聊著今天身邊的誰談了戀愛、聊著和父母親鬧騰了不愉快的架、聊著她老家養的喜樂蒂牧羊犬、聊著頭髮又長了幾公分、今天便當的菜色看起來如何……

她是乏味枯燥的日常，最好的調味料。

如果以後畢業了，搬離台北，她想去和愛的人一起生活，就算
只有十坪大的小房子也沒關係。
她曾經這麼想過，那個時候就要再也不畏懼任何人的目光，告
訴所有人──這是我的男朋友，也是我的女朋友。
她下過這樣的決心。

2

她們戀愛的過程一直是細水長流，並無轟轟烈烈。
是什麼時候開始感到疲乏的呢？又是什麼原因開始疏離的呢？
原本無話不談的兩個人之間，開始出現了一道無法跨越的隔
閡，從一天來往的數十則簡訊，變成只有早安晚安的簡單問候。

怎麼可能不難過。她愛的人，彷彿隨時要轉身離去，然而自己
卻無能為力。
不停想要尋找對方離開的原因，也屢次三番地反省自己，一定
是過程出現了什麼問題。是過度任性向她索取溫柔與愛，還是
她邁入了新的人生階段，所以獨自走遠了，自己是負擔嗎，始

終不曉得，在她心裡，自己還重要嗎。

她沒有找到解答，更不想用天秤取捨兩邊的重要性。但那個時候才明白，感情裡被拋下的那個人，永遠愛得比較深。

3

分開後的每一天，她都在手機備忘錄裡，寫下長篇大論的情話，如此才能抒發她心裡的寂寞和空洞。
那些對方聽不到，也無心去聽的內容，現在她只能慢慢說給自己聽。

每一個愛字都是一把刀，深深割在心上，有時候覺得痊癒的過程總是很自虐，反反覆覆地揭開傷疤，用過鹹淚水消毒，然後再三番兩次地縫合流血的地方，不斷循環。

半年不及的時間，傷口碰了還是感覺疼，但她已經有了新對象，並不避諱親口告訴自己。
像是要昭告，該向前走了，再多的眷戀與不捨都等不到結果。

為了完全走出失戀的陰影，她有好一段時間都不敢保持聯繫。雖然對方就把自己當成朋友那樣，能雲淡風輕地說起過去，但她沒有那麼健康的復原能力，也是那個時候再次理解，原來有些人，不愛可以在轉眼之間。

反觀自己寫滿幾千字的愛意，都像是茶餘飯後的話題，已經涼了的茶總是難以下嚥。

可是看著愛過的人，又能奈何。

她沒有錯，錯的是始終以為那些溫柔能獨自占有的自己。

4

能再次和她好好說話，已經是三年後的事情了。

付出三年愛一個人，也付出了三年來痊癒，算是一場公平的交易，但她不知道去愛要花這麼大的力氣。

她們的生活圈本來就有著天南地北的差距，無論是年齡還是城市的距離，總是把她們分得好遠，遠到她已經無法記得，是什麼原因能讓兩個人曾親密無間地在一起。

掛著朋友的名義，但本就毫無交集，對方不常使用社群媒體，

所以也無法更新她的消息。

那年生日，她傳來了生日快樂。能再次和她說上話，就好像是最好的禮物了。
兩個人聊起了近況，工作、學業、伴侶，還有過去。
這次她終於能把遺憾一點不剩地說給她聽了。

把保存許久的文章與情書，像是老了時候回味歲月那般，在有限的時光中長話短說。因為那些曾經不捨得的，如今都捨得了。

「我不知道妳有這麼喜歡我。」她說。
「我曾經真的很喜歡妳喔，非常。」

太好了，如今能說出曾經這個字眼了。
這個故事最終能好好畫下句點了。
那句沒有辦法傳達的話，現在能到達她的心裡嗎。
這些都不是虛情假意，是千真萬確的感情。

5

什麼才是最好的善終？

好好說再見，或是擁有再見一面的權利，又或是讓遺憾無限掛念。

事與願違的愛當然可惜，但結局不是太壞，來的人還沒有走開。

雖然有過傷心，但她無比幸運，能在毫無保留的年紀，全心全意去愛一個人，付出整個宇宙的溫柔，卻都覺得還不足夠。

真誠而熾熱地愛著一個人，那段日子會變得有份量，有勇氣去面對整個世界的惡意，也有了光芒萬丈的心臟。

用力去愛一個人，從來都不是自不量力。

歲月打磨了愛的稜角，在人群中找尋適合的匣，修改與調整關於愛的形狀，等到對的時間，河川不息，星辰閃耀，就把真心奉上。

有愛的人，真的一點都不無聊。

你知道嗎，
心裡裝著許多重要東西的人，是不會輸的。

「左滑是過濾，

右滑是想你。」

我喜歡他們分享我毫無興趣的生活碎片
我喜歡他們打探我不為人知的隱私
我喜歡他們試圖打通我不會接起的電話
我喜歡他們貪圖交換體溫的見面
我喜歡他們為了博得我的注意
而相信自己特別無比
我喜歡的那些
你不曾做過

你是我的目的
相信有人能給我真心
但追尋著目的
你是我的目的
所以擾亂我的海域

你不在交友軟體裡

我在任何可以遇見你的地方
重複著相遇
有和你一樣的咖啡色眼珠
有和你一樣的一米八身高
有和你一樣的烏黑色頭髮
有和你一樣的品茶嗜好
有和你一樣的畢業學校
但沒有你
你不在這裡

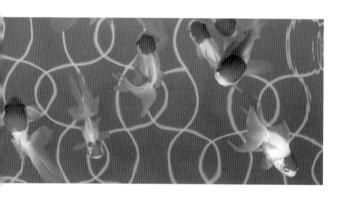

讓每一條魚

在退潮之際

游到更深的海底

如果我說其實我願意
隨波逐流
你會不會遠渡重洋
只為見我

我和不同的人
談論任何一種相愛的可能
有好幾次
我以為能殺死那顆愛你的心
與永不放棄的好奇心
直到我發現任何人像你
卻都不是你
開始擅長說謊
讓所有溺水的情節
都變合理

浪費的決定

親愛的，今天早上我在花店買了一束鮮花，你應該知道，以前我是乾燥花派，從來不會買鮮花的那種人。並不是鮮花不漂亮，而是保鮮期太短了。

夏天的氣候並不適合花生存，需要細心的照顧對我而言不是太簡單的事情。將這些花安置在合適的容器中、爲它們定期整理切口、勤勞的更換水質，還要對它說讚美的話，這些是我學到如何讓鮮花能長得漂亮的方法。
但即使這麼細心照料一朵花，它還是會枯萎，那不是很令人難過的事情嗎？

一朵鮮花的花期平均只有五到七天，在短暫的時間裡，它成爲人們愛不釋手的最佳觀賞品，但當它凋零的時候，會被毫不留

> 「我喜歡的花死去了，
> 但沒有人
> 為它哭泣。」

情地丟棄，我總是感到浪費。

但是製成乾燥花時，延續的生命被保存下來，會讓我為花不再感到可惜。

一直是到今年，我才開始喜歡買鮮花。開始學會欣賞美麗卻會凋零的事物。

那些別無選擇的凋零，並不是沒有人愛它，而是用盡全力綻放，以毫無遺憾的姿態死亡。我突然認為這樣地活過，是很偉大的事情，其實一點也不可惜。

至少在被愛的時候，它們付出了全部的努力。

雖然有些難過，但我正在慢慢接受失去的同時，也能理解世界上其實沒有永恆。我反反覆覆地想許願的事物，都沒有永恆。

愛你算是浪費嗎？

如果是的話，我真的是個浪費的人。

我浪費了來回的火車票、浪費能與自己獨處的時光、浪費薄暮落下的光景、浪費無數次捕捉你的快門、浪費寫給你的一封封書信、浪費想念你的心跳。

浪費無數次告訴你我愛你。

那些都沒關係，我心甘情願被你浪費。

我們的花期正在凋零，但也沒關係，在過程裡看見了無法避免的結果，但重來一次，仍會擁有一樣的選擇。

這樣是浪費嗎，那就浪費好吧。

親愛的，如果有一天你也喜歡上一朵花，你不知道它的名字，等到花期過後，你還想見見它，那個時候，你會不會感到有一

點點可惜？

我希望你會，如此你就會知道，我曾經在你心裡盛放過，無法視而不見，那樣就不算徒勞無功。等到下一次相見，就已經隔了一輪夏天。

我真的不介意被你浪費。
錯把你當成買花的人，要你給我爲生的意義，那才是浪費。

我經過獨自神秘的島嶼

未知的海浪盡情消融

月光在指尖縱人狂歡

所有美麗易碎的

腐敗伴隨

再墜落谷底

成為誰的排比句

不問將要流浪去哪裡

我乘上失語的雲

慾望翻山越嶺

無常梯山航海

像你紙筆間隱喻

風景

我想去南方的平原尋找寒冬
再去北方的沿海度一場豔夏
以爲爬上世界的背脊
就能看見你的眼睛

我一直都堅信
你愛的沙漠與森林
有各自的意義
所以我走訪
你吻過的土地

我想像雨水降落在一座小鎮
那裡有你愛的娃娃
摘路邊的荷葉
包裹沒做完的夢想

「地圖只是記載已知的旅行，

　　　　　未標記的才是目的。」

朝夕的詩句

迷離也多情

我明白

你愛過的人都像

你看過的風景

你的旅行是未知的途徑

無心讓我

裝進　遠　　行

秋末初冬時

親愛的，秋天路過我面前，提醒四季正在更迭，而我沒有。

你愛的藍色已經不流行了，也或許你已經不愛了。每到這個時
節，眾人會穿上大地色的衣服，你問我為什麼是大地色呢？大
概是一種保護色心理吧，把秋天穿在身上，彷彿能心安理得一
些。你向來與眾不同，哪裡都能安身，你總是走在時間面前，
你說流行在追趕你，而不是你在追趕流行。
我也是啊。比起流行我更願意說你是流星，我追趕你墜落的軌
跡，試圖想用一雙顫抖的手去接住你，但如今你落在哪片土地
呢？你在哪裡生根，你在哪裡被灌溉，你在哪裡發跡，又或是
殆盡，關於你的一切我都想要知道。

悲傷爬過樹枝末梢，窗櫺外的麻雀直打哆嗦，樹葉正在蕭條。

氣象預告了颱風的靠近，但我想像那是你捎來的信。

今年我仍想寫詩給你，寫詩給你時就看信。

想像我們秋天的時候還在一起，冬天也不要分離。

想像你在遠方看的風景，每一幀都是我的倒影。

想像候鳥為我搭建的橋，能讓我去見見漂泊的你。

反正不管我怎麼寫，橫豎著寫，正反著寫，輕重地寫，晝夜地寫，都寫不完我愛你。

反正要是你不愛我也就這樣而已。

反正我也不去哪裡。

你是煙火，你點燃了我世界的光亮，但你不能恆久為我綻放。

人們說所有美麗的事物都是一瞬的。但我不願意相信，你也是一瞬的。

如果你是一瞬的，你吻過的任何地方，如今都不會成疤。

我寫壞了我知道。自從提起你，我就沒有把握能不藏一句想念或昨天。所有關於你的，都是我無數次沒有到達的明天。
但我狡猾地希望，就算我把這些字放到發霉，也不會有人發現。
不會讓人發現所有的換季，都夾雜著孤單的乾癢，和對感情的過敏。

把眼淚流回眼睛，下個季節不再提筆。
親愛的，我真的愛你。但這個秋天太長，其實我們不能在一起。
只是不能，不是不想。我寧願這樣相信，世界上所有的謊言，都是遺憾的寬恕而已。
不過是你不愛我而已，這麼小的事情，馬上就會忘記。人們從

來也不重視秋天精準到來的日期，只是不想和別人不一樣而已。

我馬上就會融入下個冬雪，消融，轉瞬，然後不見。

你可以踏過我，我允許被你留下足跡，但不要回頭，我習慣的只是你的背影。

愛是我甘之如飴，不愛也是我悔之無及，與你沒有關係。我的愛過時了，是我的問題。

如果可以，下輩子我會更加決定，成為你想去的風景，成為你遠行的目的。

親愛的，太多的字會讓我想起你，我不想要徒留傷心。

晚安，如果你沒有睡，請把我熄滅。

我們都是微塵裡的光

我沒有在故事的結尾，一氣呵成地把後記給寫完，上次寫後記已經是兩年前的事情了，所以後來花了不少時間梳理之中的情感與意義。

回望過去的每一本作品，都是記錄每一個年紀的我該有的樣貌。從十八歲開始創作的青澀，一直到經歷了悲傷與憂鬱，慢慢痊癒，慢慢拾回自己，到如今我將要二十五歲的練習。我仍舊不是很習慣從這些文字裡，定義一個合適的主題，所以我把這一切都視為一種成長的軌跡。

我已經沒有當年十八歲的筆觸，但我感謝文字能讓我完好無缺地保存在那裡。每個年紀哭泣和幸福的原因，如今對我而言都

不再重要，但在下一個翻開的日子裡，卻有了嶄新的意義。

第四本書在創作時，它沒有書名，它只有一個我想賦予的意義。我反覆斟酌著一字一句的傷心，試圖放入比過往更多的溫柔，也更深入過往，將未曾放入自己真實的部分留下，這次我想要往前走。為此我在寫書的路上並不順利，我曾經把寫完的三萬多字都放在電腦的垃圾桶裡，也曾經因為寫不出任何字句而傷心地痛哭流涕，覺得自己不再有資格提筆，那些感動和美好，明明在我眼前，但我總是無法為題。直到我一次又一次地調整著書寫的距離，然後尋找它的一席之地。

我始終沒有理解傷心與快樂的分界，很明白的只是我有了截然不同的眼睛，我所看見的世界能以不同的樣子去判定，我喜歡我能選擇我自己想要的，就像我能決定寫下哪些你我他，決定昨天今天和明天，決定每一個瞬間，決定把愛與不愛相提並論，決定不討論眼見為憑，也決定虛假與真實的重量。
你說嗎，我寫的哪一個不是我，哪一個是我，全都是，也全都不是。

我在《你是時光最浪漫的解藥》裡寫下浪漫與青春，在《喜歡你的日子像海》裡寫下迷離與遠方，在《末日告白指南》裡寫下遺憾和救贖。

我還有什麼想寫的呢？我想寫的都是人生，我能持續地寫，是因為我仍然努力地在生活，感受著生活，而我曾經覺得這些好壞都不值一提，我們都微不足道，但如今我已經能把這些通通交付出去，帶到你們的面前，告訴歲月這些過程其實一點也不可惜。

如果在這本書裡，你能看見什麼，我想是光吧，我希望這裡擁有的光，比起過往更多。也代表如今我的世界終於能在幽暗中看見光明，在光明中看見幽暗。

無論是日光，還是月光。

我希望你們能從字裡行間找到光，拾起光，成為光。

我能寫的就是這麼多而已。

我想我們都是微塵裡的光，縱使不起眼，但存在於每一刻。

去見喜歡的人，
去喜歡的地方，
去成為世界的難忘。

在你的眼裡，荒蕪的森林也有意義，但我是例外的決定。

我走過的門，都是在心裡的每一道坎。
但是我知道，哪裡能抵達你，
所以我從未回頭，也從未猶豫前進。

國家圖書館出版品預行編目資料

我們是微塵裡的光 / 蘇乙笙 著. -- 初版. -- 臺北
市：皇冠文化出版有限公司, 2024.01
面；公分. -- (皇冠叢書；第 5132 種)(蘇乙笙作
品集；03)

ISBN 978-957-33-4102-4(平裝)

863.55   112021105

皇冠叢書第5132種
蘇乙笙作品集 03

我們是微塵裡的光

作　　者—蘇乙笙
發 行 人—平　雲
出版發行—皇冠文化出版有限公司
　　　　　臺北市敦化北路 120 巷 50 號
　　　　　電話◎ 02-27168888
　　　　　郵撥帳號◎ 15261516 號
　　　　　皇冠出版社 (香港) 有限公司
　　　　　香港銅鑼灣道 180 號百樂商業中心
　　　　　19 字樓 1903 室
　　　　　電話◎ 2529-1778　傳真◎ 2527-0904
總 編 輯—許婷婷
責任編輯—黃雅群
內頁設計—單　宇
行銷企劃—蕭采芹
內頁照片—蘇乙笙
著作完成日期— 2023 年 10 月
初版一刷日期— 2024 年 1 月

法律顧問—王惠光律師
有著作權 · 翻印必究
如有破損或裝訂錯誤，請寄回本社更換
讀者服務傳真專線◎ 02-27150507
電腦編號◎ 594003
ISBN ◎ 978-957-33-4102-4
Printed in Taiwan
本書定價◎新台幣 360 元 / 港幣 120 元

● 皇冠讀樂網：www.crown.com.tw
● 皇冠Facebook：www.facebook.com/crownbook
● 皇冠Instagram：www.instagram.com/crownbook1954
● 皇冠蝦皮商城：shopee.tw/crown_tw